“山东大学中华民族现代文明研究专项”

“唐仲英中华传统文化体验与教育创新平台建设项目”的阶段成果之一

乐府新辞

文化传承与文明交流互鉴背景下的学子故事

◇主　编　马晓乐　郑连根◇

◇副主编　李依江　陈鹤龄◇

山东大学出版社

SHANDONG UNIVERSITY PRESS

·济南·

图书在版编目（CIP）数据

乐府新辞：文化传承与文明交流互鉴背景下的学子故事 / 马晓乐，郑连根主编 . -- 济南：山东大学出版社，2024. 11. -- ISBN 978-7-5607-7700-9

Ⅰ. I267

中国国家版本馆 CIP 数据核字第 2024DW1077 号

责任编辑 张铭芳
封面设计 张 荔

乐府新辞
YUEFU XINCI

出版发行	山东大学出版社
社　　址	山东省济南市山大南路 20 号
邮政编码	250100
发行热线	（0531）88363008
经　　销	新华书店
印　　刷	山东新华印务有限公司
规　　格	787 毫米 ×1092 毫米 1/16
	15.75 印张 175 千字
版　　次	2024 年 11 第 1 版
印　　次	2024 年 11 月第 1 次印刷
定　　价	66.00 元

前言

乐府待新辞

文史见长，是历史和社会对山东大学的写照之一。孔子故里的地缘特色，使这所历史悠久的综合性大学与中华优秀传统文化结下了不解之缘，无论是《文史哲》杂志的中外文版本的发行、进入中华文明探源工程的焦家遗址，还是全球汉籍合璧工程“召唤”散佚于世界各地的中国典籍回家、《永乐大典》存卷综合整理研究等国家重大古籍整理课题，以及基于中华优秀文化创造性转化和创新性发展的大学生创新创业项目，都在诉说着山东大学作为中华优秀传统文化最有代表性大学的特色。所以，山大的学子，无论是课程学习，还是社会实践、科研参与、社团活动、创业探索，都有很多与民族文化对话和沉浸式参与的空间，在互动中深化了对文化知识、文化遗产、文化传统及其所负载的文明特质与精髓的理解，于是笔随情走、文顺心行，诸多学习的收获、探索的焦灼、破解的欢快、失败的反思、成长的心迹就在悄无声息中流淌出来，凝结成这本小册子——《乐府新辞》。

为何将文集命名为“乐府新辞”？这其中确实几易其稿，但词穷之时求助于中国古代诗人“亲友团”总会有意想不到的发现。当翻阅书简，目及白居易“文场供秀句，乐府待新辞”一句时，顿觉豁然开朗。这句诗来源于当年白居易读李白和杜甫的诗集，读后感慨万千，于是下笔成诗《读李杜诗集，因题卷后》：

翰林江左日，员外剑南时。
不得高官职，仍逢苦乱离。
暮年逋客恨，浮世谪仙悲。
吟咏流千古，声名动四夷。
文场供秀句，乐府待新辞。
天意君须会，人间要好诗。

白居易一面感叹李白、杜甫身世坎坷，“不得高官职，仍逢苦乱离”，一面赞扬他们在诗歌创作上所取得的伟大成就，“吟咏流千古，声名动四夷”。更关键的是，白居易还自觉地把李白、杜甫的文学成就与他自己倡导的诗坛“新乐府运动”联系起来，说“文场供秀句，乐府待新辞”，意即对李白、杜甫精神最好的继承，就是不断创作出与时俱进的好诗，还称这是“天意”。

《乐府新辞》凝结了文集编者和作者们的心声与愿景，中华优秀传统文化和山东大学的文史传统都需要薪火相传、代代赓续。如果说“乐府”是对中华文明的一种代指，那么，青年学子把他们对传统文化深度学习和躬身实践的收获与体悟书写出来，也可称之为一种“新辞”。古文、古史、古哲、古籍等古典学术的传承与光大，可能有些挑战度和高阶性，的确需要当代青年的激情与热爱，更需要他们用学识和责任去谱写新的辞章，像白居易一样，一面向伟大的前贤致敬，一面在行动上不断创新，撰写出与时俱进的文本。以“乐府新辞”为文集名，一方面表达见贤思齐的情怀，另一方面也在表达编写这本书时所秉承的弘扬优秀传统文化、推动文明交流互鉴的初心。

本书文章的作者主要来自山东大学文学、历史、考古、汉语国际教育等文科专业，有些是“尼山学堂”古典学术实验班的同学，有些是在考古挖掘现场风吹日晒的学子，有些是在海外从事中文教学和中华文化国际传播的志愿者，也有些是热爱地域文化、民俗文化的观察员和爱好者。他们的文章既有静若处子的沉稳，也有动若脱兔的灵动，但是都蕴含着对祖国语言文化的热爱和将其弘扬光大的责任感与使命感。需要说明的是，本书所收录的大多数文章，并不是一种结论性的成果，而是一种过程性的情感提炼和理性思考。过程也自有其不可替代的价值——任何抵达，都不能忽略过程，而过程中沉甸甸的文字凝聚，也足以让我们对将来的美好抵达满怀期待。我们希望读者从这本书中至少读出两个维度的信息：其一，优秀传统文化在当代学子心中所激起的心灵回响；其二，在文明交流互鉴的背景之下，青年学子自觉承担使命、传播中华文明的实践和思考。

山大学子是中国当代青年学生的重要组成部分，他们个体和个性的书写与情感抒发中也折射着一般性和普遍性。希望读者能在共鸣、共情中也去发现和挖掘生活中的中华文化之美，阐述学习中的文化之妙，采撷跨文化交流中的文化之趣，以此问道文明、礼敬青春、祈愿成长！

马晓乐（山东大学国际教育学院教授）

2024 年仲秋于山东大学

目录

CONTENTS

求学路，诗相伴

——我与诗歌二三事…………………… / 杨婷丹 1

秋兴……………………………………………… / 王萧彤 10

在伦敦找寻中国文化足迹………………… / 傅志辰 20

守望传统，接续荣光

——中国古典学的现代使命………… / 闫苏豪 26

漫思中华人文，躬行传承创新…………… / 何心悦 32

观文化昌盛，擎传承火炬

——在历史中寻求文明 ……………… / 李文清 38

邂逅

—— 一脉文化遇乾坤 …………………/ 李思涵 44

我与文化传承的故事……………………… / 夏欣瑜 51

文化

——心中的风筝……………………… / 张馨语 57

文化交融，薪火相传……………………… / 管御辰 63

文化坐标

——个体、民族与世界……………/沙英肖 69

想象之中

——文化的记忆与重塑……………/冯迎霜 75

异乡光影，自我与文化追寻……………/吴　爽 82

徜徉典籍，溯古追光

——学习中国古典文献学所见、所闻、所感

……………………………………/林才伟 93

“掘”知此“史”要躬行………………/李紫琪 102

菰芦深处有人行

——尼山学堂求学记………………/许　佳 108

儒韵新篇

——青年之志与时代之责…………/颜培森 113

传千年之典籍，燃万古之明灯

——记与古典文献的“耳鬓厮磨”

……………………………………/赵启蒙 120

文脉悠远，与古为新……………………/段青丽 129

在文化基因的浸润中成长………………/蒲芊卉 137

温情的理解，鲜活的感受

——文化传承与文明交流中的体悟

……………………………………/牟竑励 145

切磋琢磨继斯文……………………………/刘妍洁 151
愿受一廛为书氓
——记与文史楼的点点滴滴………/缪思有 157
我与中国古典学术 ………………………/付雨欣 162
地名背后的文化绳结…………………/周子豪 169
文化大美今共守，纷华革新乘古今
——我和民族文化的不解缘………/姚 倩 176
她与甲骨文………………………………/冯佳琦 183
讲述山河故事，传承齐鲁文化…………/李依帆 190
土与火的艺术，人与心的传承
——遥记德州黑陶实地调研………/赵健蕾 195
海阳大秧歌
——乡土艺术的时代舞步…………/柳光辰 202
比干文化的印迹与印记………………/宋美琳 209
手铲释天书，科技寻古意………………/高 妍 215
熠熠明珠，继往生辉…………………/朱家乐 222
我理解的文化传承与文明交流…………/梁心舒 228
中国风的“花衣裳”……………………/尹若旭 235

求学路，诗相伴

——我与诗歌二三事

/ 杨婷丹

进入山大的第二年，新闻编辑课程的周老师布置了一项“奇怪”的作业——每人写一篇自我介绍的文章，并在社交媒体平台上发布。初闻老师要求，有些猜不明真意，十八九岁的年轻人，哪里有许多波澜起伏的人生体验，至多不过几句在哪里出生，读过哪些书，成绩怎么样云云。但是当我在夜深人静之时旋开暖黄色的台灯，细细回想自幼求学以来的点点滴滴，忽而察觉到过往年少时光的静河之上，确实闪烁着细碎的粼粼波光。波光折射之间，我回想起许多细节，它们无关分数名次，也无关竞赛奖项，而是不以结果为导向的承“文脉”、求“文心”的诗歌体验。

幼年学诗

幼时，我的父母工作忙碌，爷爷便充当我的启蒙老师，在家中教我识文断字。爷爷早年应征入伍，远赴云南，是空军雷达兵某团的一名战士。在日复一日保持警惕的训练、站岗和侦察之余，文学让他于紧张岁月里获得片刻放松。退休之后，他每日除了侍弄花草、饮酒宴客，便是沉醉于古文书法，只要得空，就在看过的报纸上练毛笔字，或者拣我只用过几页的作业本做读书摘抄。我出生之后，爷爷将他对古典文学的热爱悉数倾注在我身上，希望他的孙女能够成长为理想中“具备君子遗风的正雅知识分子”。在他的启蒙教导下，还未入学，我便已经能够背得出《唐诗三百首》中的许多名篇，虽然大多不解其意，但也自诩“小有所成”。逢年过节，大家起哄“请”我出场背诵诗词成为我们家的固定节目，家人的热切捧场又进一步助长了我的自信心，背诗这项才艺表演的范围也就越来越广。春节期间，每去拜访一家亲戚，我都暗暗希望有人让我当众即兴背诵一首，如果无人提及，我还会默默失落。如今，拂开纷纷扰扰，回忆爷爷那些旧报纸上未干的墨迹，我能够清晰想起的第一句是“东临碣石，以观沧海”。

《观沧海》是我学到的第一首诗，顺理成章地铺就为我时至今日的性格底色。按一般情况来讲，别人家的家长即便以诗歌启蒙幼童，也大多选取一些意象简单、情感直白的千古佳作，比如孟浩然的《春晓》或李白的《静夜思》，毕竟“夜来风雨声，花落知多少”是人皆可见的自然风物，“举头望明月，低头思故乡”代表每一个中国人不用解释都能领会的绵绵乡愁。而《观沧海》虽字词简单，其中的意蕴却复杂悠长，既有苍凉慷慨的建安风骨，也有气韵沉雄的昭昭野心。当年的我口中念着“以观沧海”，心中想的全是要去海边玩水，光脚踩石头，等到年纪渐长，才品味出作者萧瑟的心境和动荡的豪情。在经历过青春期人际和学业的双重压力之后，我乐于表现、无烦无忧的外向性格慢慢转变，凡事不向外求而叩问本心，但拼搏进取的凌云壮志未曾改变，只是多了几分沉郁稳重，学会了触景伤怀。爷爷教会我的这首诗时常盘桓在我的脑海中，每当遇到难关和挫折，我都勉励自己要继续保有观沧海的气魄胆识，胜固欣然，败也从容，允许一切发生。

少年品诗

特别庆幸的是，小时候的我除了多读多背几首诗，同时也有机会亲自去体验诗歌里的田园风光。虽然在城市读书，但印象中，初中前的很多个假期，我都是和爷爷奶奶在乡下度过的，我总是快活地在麦地里转着圈儿往前跑，摔倒后再爬起来继续向前。父母亲上班没有寒暑假，无法监督我，加之爷爷奶奶基本为零的管束，共同纵容我成长为能够上树摘核桃、下河抓蝌蚪的“全能型人才”，桑葚地里灼心的日头让我至今想起来还会觉得眩晕。那个时候的乡村还没有迎来新农村建设，到处是土坯房和一到下雨天就难以下脚的泥路。

在这里，你可以清晰地感知大地寒来暑往，四季消长分明，在雨打胡桃叶的夜里沉沉睡去，在虫鸣鸟叫的清晨缓缓醒来。“数点秋声侵短梦，檐下芭蕉雨”不再是一句用于吟诵的词，而是晚上睡不着坐在屋外门槛上听雨的真实心境；“花气袭人知骤暖，鹊声穿树喜新晴”不再是靠想象力描绘的画面，而是于山岩之间看到野花攀长、喜鹊当头时内心的感触；“儿童急走追黄蝶，飞入菜花无处寻”不再是新奇的谈资见闻，而是随手就可以捕捉的寻常时刻。那时，一户户人家散落在村子里，彼此离得不远也不近，可以听见邻家的牛羊马驴时不时有气无力地叫一声，暗藏某些人类难以知晓的秘密。我家少有人住，因此没有饲养任何家禽家畜，我便总惦记着结识隔壁家的同龄朋友，然后跟着他们去看各种“新奇”的动物，后来基本上常见的就都见过了。

乡村生活成为我诗歌学习道路上浓墨重彩的一笔，也成为我一生受用无尽的宝贵财富。回到城市上课之后，有一回语文老师问同学们有没有亲眼见过牛羊，有没有摘过果子、打过核桃，我会心一笑，坐在教室向窗外望去，好似又穿越层云看到春满山野的清新景致。“山远近，路横斜，青旗沽酒有人家。城中桃李愁风雨，春在溪头荠菜花。”

青年讲诗

进入大学之后，“来自哪里”是一个在自我介绍中不可避免的话题，天南地北的同学聚在一起，各自讲述家乡的奇闻逸事是非常受大家喜欢的聊天环节。我出身陕西宝鸡，陕西的历史文化不必多讲，诸位也一定耳熟能详，从咸阳到长安，秦砖汉瓦、盛唐风流，皆在于此了。但其实除了当过王朝都城的几座城市，不太为人所知的宝鸡同样底蕴深沉。宝鸡古称“陈仓”，“明修栈道，暗度陈仓”的典故就在此处。它是周秦文化的发祥地，也是青铜器之乡，拥有目前全国最大的青铜器博物院。数万件青铜器从这里出土，青铜铭文的吉金华章从宝鸡走向全国、面向世界。

任何钟情古典诗歌的人在这样的城市里出生，都不能不说是一种幸运。“试看血土经沈浸，已阅沧桑几变迁。”生活在文化厚重的陕西，我对诗歌中历史变迁的雄壮悲怆深有体会。“青铜千岁化玄玉，声如金磬清悠然。”通过观摩青铜器浑厚凝重的品格和繁复高妙的铸造工艺，我们得知祖辈是如何探索世界的。“楼船夜雪瓜洲渡，铁马秋风大散关。”陆游在千年前咏叹的秦岭北麓大散关，如今依旧尽忠职守，护佑这一方土地。“卧龙跃马终黄土，人事音书漫寂寥。”诸葛亮的传奇一生，终是在岐山五丈原落下帷幕……这些故事，这些诗歌，全部书写在陕西宝鸡的土地之上。

很多人提起陕西，都只知道“黄埃散漫风萧索”，但这句诗其实只描述了陕西的局部气候。就拿宝鸡来说，它地处八百里秦川之上，也就是地理概念上的渭河平原，土地平坦，日照条件优渥，水源也相对充足。这般环境，既可以生长出滋味浓郁的眉县猕猴桃，其果肉绵密，咬一口整个口腔都充斥着酸酸甜甜的果汁儿，也可以哺育出勤劳坚毅的黄土儿女，一代又一代陕西人通过厚实的生命体验，走向达观的人生境界。我把陕西和诗歌的故事写成文章，带着这片土地教会我的诗词歌赋，讲给一位又一位对陕西的历史文化感兴趣的同学朋友、老师前辈，把我对这片土地的理解，随风传到更远的地方。

成年解诗

习近平总书记曾在文化传承发展座谈会上强调："要坚持守正创新，以守正创新的正气和锐气，赓续历史文脉、谱写当代华章。"文明交流互鉴、不断守正创新正是古典诗歌在新时代再放光彩的必经之路。在母校山东大学求学的四年间，我选修了唐诗导读课程，在国学通识教育中进一步理解诗词；同时选修了中外文化交流史，从古代文明交流互鉴的角度进一步体会古代诗歌中的外来文化痕迹。

唐诗导读课程开设在洪家楼校区且排在晚上，我从中心校区步行过去至少需要二十分钟。每周我都匆匆忙忙地赶着下午最后一节课结束，随便吃点晚饭，又赶往另外的校区上晚课。第一次因不熟悉道路状况，以为公交能快点，却坐过了站，又往回狂跑，最后还是迟到了23分钟。但每周只要我坐在诗歌的课堂上，就觉得自己终于能喘口气儿，不谈逻辑，只说感受，就算是偷个懒，但我觉得人总得干点"浪费时间"的事儿。借闻一多先生的话，听文学院的老师讲诗词，就像"狂风暴雨后宁静爽朗的黄昏"，惬意松弛，又心满意足。唐诗导读课的孙老师博闻强识，对历史典故信手拈来，又因其有过国外留学的背景经历，对西方文化的知识脉络也能讲得条理分明。孙老师习惯用西方哲学的理论解读诗理，也能用西方美术的法则来解析意象。在一次闲聊中，他说到每个人都有自己的运行轨迹，就像小小星球在太阳系中有属于自己的位置，不必介怀他人的成功，也不必伤感自己的无名，只要你内心丰盛，感受力强，你就可以找到属于自己的平衡，发现很多别人感受不到的意趣。“人生不相见，动如参与商。”这样去理解这句诗，我们的心态也会更加温和坚定。在洪家楼校区的暮色中，孙老师为我打开了诗歌鉴赏的一道大门，让我看到了中外文化融合的奥妙所在。

讲授中外文化交流史的两位老师也给我留下了深刻的印象，他们从汉晋讲到明清，从欧亚通道讲到佛学溯源，通过修习这门课程，我才知道很多诗歌都和外来文化相关联。在期末的结课论文当中，我将诗歌和文化交流的课题结合起来，探究了秘色瓷中的文化玄机。“九秋风露越窑开，夺得千峰翠色来。好向中宵盛沆瀣，共嵇中散斗遗杯。”唐代陆龟蒙的一首《秘色越器》将莹润通透的秘色瓷惟妙惟肖地展现在世人眼前。所谓秘色瓷，是指唐朝至五代，越窑青瓷中的极上乘之作。然而现代以来，由于未发现任何唐代秘色瓷出土实物，关于它的描述是否真实，就成了未解之谜。直到 1987 年，陕西宝鸡法门寺地宫发掘出唐代秘色瓷，这一突破性考古成果证实了相关历史的真实性。诗歌、家乡、佛教、瓷器，这些关键词就这样机缘巧合地联系在一起，让我有充足的动力去探求诗歌背后的奥义。

值得关注的是，法门寺出土的秘色瓷不仅展现了中国古代高超的瓷器烧制技术，更蕴含着中外文化交流的重大成果——佛教密宗的审美文化。秘色瓷的造型、釉色等无不体现着密宗审美观念与中国传统文化的结合。此外，沿着中外文化交流的思路，唐代秘色瓷的出口也成为关键命题。中国“海上丝绸之路”的兴盛远远晚于陆路，但海上航线运输的商品数量及海上贸易的延续时间都胜过陆上“丝路”。而总览中国古代海上贸易史，其间运输的主要商品正是以秘色瓷为代表的陶瓷制品。如果没有这门课程，我或许很难意识到我们现在许多的口语表达和诗歌用典，都潜藏着外来文化尤其是佛教文化的因子。中国诗歌受益于优秀外来文化，如今又通过孔子学院等载体传向国外，伴随着其他国家对我国传统文化的吸收，其文化脉络也将一代又一代地延展下去。

如今，我又在新的城市攻读硕士学位，在这里我加入“东坡讲堂”，和同学们一起品读苏子诗词，快意诗酒年华，重温苏轼起落之旅，继续修炼“文心”。诗歌的文字、意蕴和精神将伴随我的一生，我也愿意将我的所学所感讲给更多人听。日后无论在何处，必当不忘幼年懵懂之时所念横渠先生立心立命之言，读好中国诗歌，讲好中国故事。

编者寄语

“诗歌、家乡、佛教、瓷器，这些关键词就这样机缘巧合地联系在一起，让我有充足的动力去探求诗歌背后的奥义。”作者从小时候在爷爷的教导下读诗写起，一路讲到了家乡陕西宝鸡，讲到了秘色瓷，讲到了中外文化的交流与融合。而贯穿始终的，则是作者与诗歌的不解之缘。古诗，凝聚着古人的情感，也激活了今人的生活体验；古诗，是古代中外文化交流的明证，也是今人修炼“文心”、继续前行的“鼓点”。若古诗的平仄能唤醒更多青年学子的“文心”，岂不妙哉？

秋兴

/ 王萧彤

年少不解秋意深

少年不识愁滋味，爱上层楼。爱上层楼，为赋新词强说愁。

而今识尽愁滋味，欲说还休。欲说还休，却道天凉好个秋。

——【宋】辛弃疾《丑奴儿·书博山道中壁》

我生命里的前十八个秋天，不见晴空一鹤，亦无落木萧萧；岭南之南水秀山青，四季皆是浓郁至极的碧绿。那闪耀在古诗中的金色秋天，始终延宕着，等候在未来的某个节点。

秋风将我从广阔的江汉平原吹至遥远的东南丘陵，自睁眼见到工业区灰色天空的那一刻起，我便无师自通地学会了思乡。尽管年幼的我尚未通晓诗文，但血脉里亦流淌着中华民族千百年来对家国的眷恋之情，只需寥寥几笔，那水晶诗句便可轻而易举地换取我的认同——“孤舟一系故园心”。我生在鱼米之乡，见惯了渔舟唱晚；我身在林立高楼，心念着迢迢故园。在我还未认识杜甫时，我就已经爱上了杜甫的诗；对文字的敏感推着我走向古诗，推着古诗与我一路相伴。

但我离家毕竟太早，洞庭湖畔的春天已在记忆里褪色。城市升起的每一缕黑烟，都曾被我看见。我在工业园区度过了整个童年，而四季在机械的轰鸣声中消失殆尽。地球的公转仿佛失灵，新兴的城市用它独有的魔法扭曲了时空。我一度忘记了季节的变化，举目所见是一片沉甸甸的灰色。那里没有诗歌，我常常趴在水泥砌成的阳台上发呆，看一只鸟儿凝固在光秃秃的树上，静止成怪诞的、永恒的雕塑。

于是，我对着语文老师布置的造句作业思考良久，方用歪歪扭扭的字体写道：“秋天是热汗蒸发散于飞扬尘土，鸟儿伫立枝头遥想北风。”城市的秋太过冷酷，好似我后来读到的李贺的诗，楼高破云触天，情绪下沉没地。难以名状的悲伤徘徊在我心间，一如我徘徊在并非故乡的土地。

一个秋天过去了。很快，十几个秋天过去了。

辨别四季变成了一件困难的事，年年立秋，只有日历还记得。我已不再将特别的情绪分与秋天。直到高中语文课又一次讲到了杜甫，讲到了《登高》，讲到了“古今第一七律”。自我会背诵以来，我就未曾放下对古诗的喜爱，我爱那文字的神奇组合，我爱诗句犹如音乐般跳跃在舌尖，我爱精妙的语词，我靠想象来理解其中的复杂情感。我从未费心思考如何叩响中国传统文化的大门，盖因我早已浸润其中。然而，想象始终是虚幻的，它可以美丽动人，可以使我顾影自怜，可它毕竟只是空中楼阁。想象中的情感借助诗句装点我的心，直到被老杜一首七律长驱直入，劈开满目荒凉。秋天已长久地失落了，那些与秋相伴的情绪也被一并抛弃。

唉，杜甫所望见的，是怎样一个我不曾谋面的秋天呀！

风急天高猿啸哀，渚清沙白鸟飞回。
无边落木萧萧下，不尽长江滚滚来。
万里悲秋常作客，百年多病独登台。
艰难苦恨繁霜鬓，潦倒新停浊酒杯。

十六岁的我在心中一字一句地默读此诗。秋天，美丽的秋天，呼啸而过的秋天，悲哀困苦的秋天。无边无际的落叶纷纷而下，千年前的长江奔流至我今日的故乡。我尚未见过这样的秋天，纵使它如诗中所写的那般压抑，我也愿意亲眼一见。“万里悲秋常作客”，杜甫与我都会在秋天想念故乡吗？我尚未多病、尚未两鬓斑白，但我已经走出了刻板的文学解读，无可救药地思念起了故乡。我要怎样怀念那个渐次远去的、记忆模糊的故乡？我能如杜甫一样用艺术性的语言使澎湃的情感倾泻而出吗？我喜欢诗，又想逃离诗；我爱杜甫，又不敢长久地铭记他的诗。诗中有我触不可及的秋天，有刺痛我心的思乡情，也有我无法理解的对生命衰老的叹息，以及隐藏在字里行间的对家国不宁的悲愤。我要怎样才算理解古诗，怎样才算理解秋天？

我在课上记下了这些形容杜甫、形容杜诗风格的常用词语：沉郁顿挫、忧国忧民、仁爱与忧患意识。他是“诗圣”，他的诗是“诗史”。这些词对我来说太过遥远，将杜甫从我心中的悲秋与乡愁中拉走，将他塑造成了一个可望而不可即的对象，又变成了一个想象中的形象。

或许只有我亲见那样一个秋天的时刻，才能理解这所有的一切。

北上求学始知秋

不是爱花即肯死，只恐花尽老相催。繁枝容易纷纷落，嫩蕊商量细细开。

——【唐】杜甫《江畔独步寻花七绝句·其七》

当我横跨两千多公里的天空，踏上华北平原的土地时，秋天终于扑面而来。

尽管入目还是一片郁郁葱葱，但风已经带来了陌生的气息，让我不由得浑身战栗、激动不已。是的，我远走高飞了。我离开了生养我十八年的、广阔而炽烈的南方大地，追逐着诗中的秋色，义无反顾地奔向了北方平原。

还记得高考志愿填报截止的前一晚，我趴在高楼的阳台上，望着稀疏的星光与朦胧的月色大哭一场。选择是一场艰难的跋涉，一如我面对新高考改革时在全文与全理间的摇摆不定，填写志愿时我又一次面对着无法避免的冲突：是留在本地最好的高校，将选择专业的权利让渡给调剂，还是一条路走到“黑”，不论前途、不论“钱”途，只为了心中所爱而背井离乡？时至今日，我仍在困惑着将来，我选择了我爱了十几年的诗文——从古诗到文章，再到文学，以及与文学相关的一切。父母问我，你以后能做什么工作？你要怎么养活自己？尽管我内心坚定地认为车到山前必有路，认为比起安稳的生活我更需要精神的慰藉，但我仍被“意义”的问题折磨。

为什么要学中文？因为爱诗词、爱文学，因为我愿意用一生去发现秋天。我将为自己所热爱的传统文化而劳动，有朝一日或有微渺的可能成为一个“著名的学者、大哲人、卓越诗人”，“然而他永远不能成为完美无疵的伟大人物”——每每想到马克思此语，心中都难免一痛。我与奥本海默陷入了同样的两难：对学术研究的痴迷与对社会生活的关心似乎是不可兼得的“鱼”和“熊掌”。况且，我也常常疑心自己能否忍受真实的、肃杀的“秋天”，能否走出“热爱”的狭小领域，将文化传承下去。

矛盾成为我精神上的酷刑。我是一个认识不到人力有限的、狂妄自大的凡人，才让自己一步一步走得痛苦。自古诗中凝练出来的家国之情牢牢地攫住了我的心，让我想不明白如何“行在当下”，更遑论理解这“秋天”。而我行走在黄叶纷飞的时节，飘扬的柳条似乎是在告别夏日，稀薄的阳光奋力挣扎出灰色的厚重的天空，轻轻地铺在地上，宁静地等待。大多数时候，济南的秋天都是温和的，一年缓缓老去，沉入风雪交加的暮色中。

“支离东北风尘际，漂泊西南天地间。”心无定止，则永远都在漂泊。我不愿再困于思维的罗网，开始尝试寻找一个精神的支撑点，直到我又一次想到了杜甫。要怎样才算“伟大”，怎样才算一位诗人？

我又无端错过了两个金色的秋天。直到冬去春来，我坐在一间大教室里，听满头白发却精神矍铄的老师讲“杜甫”：“如果拼尽全力仍把自己压抑成一座坟，归家即死，无奈也。流尽心血，不如把自己掏空成一座神庙，供后人朝圣。”老师眼底总是有着一种深切的悲哀，那悲哀却并不令人感伤，反而富有力量。他对比李贺与杜甫，对比两个天才的境遇：尚且年轻的李贺被困在自己身世境遇的不幸里，将所有天才飞扬的情思、汪洋般的想象都抛入了诗中，化为了痛苦的利刃，剖开了他的心肺；逐渐衰老的杜甫仍然奔走在战火燎原的土地上，所有伟大的同情、对文字的敏感都变成了诗句，编织了历史的细节，填补了他的思念。因此，李贺笔下的秋是“桐风惊心壮士苦，衰灯络纬啼寒素”，是极尽诡谲的秋；杜甫眼中的秋是“丛菊两开他日泪，孤舟一系故园心”，是饱含深情的秋。

一个人的存在是社会的、历史的、具体的、真实的，而非玄学的。执迷于玄学维度上的空谈只会加速精神的衰朽，想象着令人痛苦的矛盾只会失明于真实的当下。杜甫伟大，伟大在他的才华与社会、与历史、与现实共存：那些瑰丽的诗句并不只属于缥缈无定的神仙世界，也属于战乱前后的长安、暂得一隅栖身地的成都、看着他老病缠身的夔州……

一片硕大胜掌的梧桐叶簌簌而落。我拾起它，遮住眼。透过金黄的叶脉，我所看见的不再只是自己的故园。

我言秋日胜春朝

自古逢秋悲寂寥，我言秋日胜春朝。晴空一鹤排云上，便引诗情到碧霄。

——【唐】刘禹锡《秋词二首·其一》

时光悠悠，白云苍狗。不知不觉，这已经是我求学北上所度过的第三个秋天，更加复杂的选择摆在面前，容不得我推辞逃避：作为一名大学三年级的学生，我对未来的规划是什么——是工作、读研、考公抑或是留学？作为一名浸润于中国语言文学专业“三秋”之久的学子，我对文学，尤其是对古诗的钟爱是否已初心不再？

不，不是这样的。

只不过，我不再“每逢佳节倍思亲”，这当然不代表我走向了过去的“我”的对立面，变得冷漠而不近人情；相反，我只是尝试着走出了年少时对“激情”的沉迷。在情感丰沛的我的眼里，万事万物似乎都应该要有更为深刻的一面，否则就不足以为观，只有“见山非山”才堪妙哉。哪怕是那些堪称“纯粹”的山水诗，好像也不应只是用“有限的文字”去描绘“无限的自然”：我总想从其中读出一些情绪、一种氛围，如同王维诗中的“禅意”，如同所有不可“道”的一切。这或许可以“归咎”于我对诗歌的执着，但更多是自我的投射。正如我从小就热衷于想象秋天，热衷于将自己的思乡之情安放在一个文学模式里，好从中获取一些接近古人的满足感。我的“青眼”长久以来被错置了——因为太过于沉迷文字游戏，反而失去了体悟真实的能力；因为想用诗中之秋来填补未见之秋，反而在有幸得见清秋时哑口无言。我忘了我并不处在一个战火纷飞、“朱门酒肉臭，路有冻死骨”的时代，我的家国之情并不建立于废墟之上，而是建立在新秋之后。

现在想来，我白白错失了多少难得的时光啊！我怎么可以忘记，秋天亦是一个硕果累累的季节？若将一天、一月、一季度乃至一整年的时间都抛掷在感伤之中，忘记埋下未来的种子，又何来机会见证结果的一瞬？金黄色的秋天包蕴着地球公转时所有希望的火焰，有如文明初始时创造的一切。

专业必修的中国古代文学史课程已经进入了明清阶段——那是帝国的黄昏，却并非文学的末日。那些被排除在主流经典文学之外的、属于市民阶层的通俗作品取得了从未有过的辉煌成就，望着台上老师如说话本一般的激情讲解，我想，作为一个后世之人，当初的那些身世难寻的“作者”或许并未料到自己的作品也会被归为“经典”。并非只有擅长赋比兴的诗文才能登大雅之堂，文学的历史本质上也是“反叛”的历史，不同体裁的作品在经历“肯定—否定—否定之否定”后才能彻底扎根、万古长青。而我将过去的绝大多数年月用于虔诚的“朝圣”，未曾真正有过大胆的质疑。简而言之，我缺乏问题意识。

又到了准备学年论文的季节。在丰收的秋季将所学输出成文章，与同学交流成果、取长补短，或许便是学院将报告会安排在深秋的理由。事实上，每到准备论文的通知下来，我总是会分外焦虑，一方面觉得现在的水平无法写出有“价值”的文章，另一方面觉得自己还未到达将身心完全献给学术的理想状态。我想走一条“疯狂”而无止境的中文学术之路，却没有深厚的学术素养——就像只开花不结果的树，短暂地美丽过，很快就会在秋风中零落成泥。而今伴着暖暖秋阳、簌簌秋风，我迟迟开悟：我已在历代文学中见识过那些辉煌，我想做的，不是为他们写下烦冗的注脚、缅怀昔日的荣光，而是让它们与现当代理论、批评方法相结合，使之尘尽光生、普照世人。这心愿听起来太狂妄，于是我将它潜藏于心。

“传承”所需要的，不只是春天齐放的百花，它遵循着自然法则，需要开花、结果、丰收，度过严冬，再迎春来，生生不息。千年的诗文不能只是陈列在柜的、历史的美丽附庸，它的精魂游走在生民的血脉里，永远在等待着抽芽。

秋天不需要更多的眼泪与叹息，我已向未来奔去。

编者寄语

这是一篇用诗一样的语言写成的散文。全文直接谈“文化传承”的句子很少，但读者却时刻都能感受到作者的文化传承——她对中国古典诗文的热爱，她对诗圣杜甫的敬仰，她对中国文学的一片深情。更难能可贵的是，她还能在文章中巧设结构，把自己的人生经历、关键选择与诗文感受相结合，将古人的诗文与自己的生活感悟熔铸一炉，浑然天成。笔随情走，文顺心行。文章审美与思想兼备，饱含真切、情愫与愿景，彰显了当代大学生的文学素养与人文精神。

在伦敦找寻中国文化足迹

/ 傅志辰

一

布卢姆茨伯里多是棕黄色的房子，这是伦敦民居常见的颜色，搭配浅灰白色石板铺就的人行道和楼前漆成黑色的低矮栏杆，显得内敛、低调，与这个街区因大学密集带来的书卷气相得益彰。道蒂街在布卢姆茨伯里的东南角，一扇小红门掩映在街边法国梧桐的荫影中，提醒路人这曾经是查尔斯·狄更斯的家。

我是在深秋前去参观这位著名文豪的故居的。红色的双层巴士穿过泰晤士河的薄雾，驶过永远灯火通明的剧院区，最终拐入安静的居民区窄街。花格地毯装饰的门廊通向被开辟成小型咖啡厅的后院花园，人们的谈笑声隐隐约约从门上的白色小窗传出来。沿着狭窄的木制楼梯走上二楼，作家的书桌摆在正对街道的窗边，与一旁整齐码放的手稿共同提醒参观者，这间看似平凡的房间曾经见证过多少汽灯昏黄下灵感迸发的夜晚。正值圣诞前夕，故居的管理人员在客厅镀金的镜框上缠绕了碧绿的圣诞花环，与厅中精致的装潢交相辉映，让整间房子更显温馨闲适。

然而，狄更斯的一生并不如这般无波无澜，他的文字也致力于用滑稽幽默的笔触深刻揭露工业飞速发展时期英国社会的不公，歌颂人在绝望境况中的坚韧乐观。在气氛温暖的家庭陈设展之后，参观者被引到顶层的阁楼，一瞥作家早年的生活。在阁楼的一面墙壁上，挂着一扇根据狄更斯儿时的家复原的窗，窗口之狭小让这件展品甚至很容易被匆忙的游客忽略。根据一旁的说明牌，这扇窗暗示了狄更斯儿时家庭经济的拮据、他在债务人监狱度过的童年以及青少年时期在社会底层艰苦打拼的困顿。如果是熟悉狄更斯作品的参观者，这扇窗也能让他们联想到狄更斯在《雾都孤儿》中描写的年幼的主人公奥利弗·崔斯特因身形瘦小被犯罪团伙强迫翻进阁楼窄窗入室盗窃的故事。在没能接受完整学校教育的情况下，狄更斯以真实的生活体验为自我教育的素材，凭借对社会现实的透彻理解与精准洞察，塑造出一个个既性格鲜明，又能体现真实时代特色的人物，并创作出如今仍在文学、影视和戏剧界被奉为经典的情节。如他在《艰难时世》中说的："要有永不浇熄的热情，永不倦怠的状态，不怕受伤的勇气。"面对无常的世事，狄更斯始终怀有对生活的热爱，通过写作表达他对社会问题的关切和希望。

很巧的是，在狄更斯去世五十多年后，布卢姆茨伯里留下了一位同样以精准刻画市井小人物闻名的中国作家的足迹。在狄更斯道蒂街故居几个街口之外的位置，很容易就可以找到伦敦大学亚非学院的校园，而亚非学院的前身东方学院，便是老舍在1924年至1929年间担任汉语讲师的地方。与狄更斯的早年经历类似，老舍幼时家境清贫，生活在北京胡同里，对清末民初动荡年代里的城市生活有很深的体会，并选择用写作针砭时弊、为民族的觉醒和国家的进步付出自己的努力，而在英国生活从教的经历为他提供了接触英国现实主义文学并从中汲取灵感的宝贵机会。

老舍曾详细写过狄更斯的作品是如何启发他进行文体上的革新和文风上的试验的。他曾讲述道，在创作《老张的哲学》时，狄更斯在《匹克威克外传》和《尼古拉斯·尼克贝》中采用的松散结构为他提供了很好的学习借鉴对象，而狄更斯幽默中夹杂讽刺内核的文风也奠定了他早期作品的语言风格。在学习狄更斯写作方法的同时，老舍探索着伦敦的风土人情，并将自己对伦敦和英国文化的感受与自己在北京的生活体验糅合起来，以文化批判的视角创作了《二马》，在小说中借中国移民在伦敦的经历讨论20世纪初中国传统文化与西方文化的相遇与交融。他也在此期间参与到同住英国友人艾支顿对《金瓶梅》首个英译本的翻译工作中，而这部优秀的作品现在仍珍藏在亚非学院的资料室中。

在布卢姆茨伯里附近的福伊尔书店，我找到了专门的中文书书架，而老舍可谓是其中作品收录最全的中国作家之一。拿过一本《二马》，抑或是浸透浓浓北京地域生活色彩的《老张的哲学》，坐在面向伦敦繁忙街道的窗边品读，想象百年前，老舍的足迹也许涉及过这个街区。想象清末北京走街串巷的挑担小贩与19世纪伦敦街头艰难谋生的贫儿偶然开始一段跨越时空和语言隔阂的对话，西装笔挺的维多利亚英伦绅士在茶歇时翻阅着一本来自未来的英译中国古典小说。文化的交流与文明的互鉴，往往就发生在每个文化传承者和创作者匆匆向前的历史轨迹中一个不经意的回眸间。

二

伦敦的冬天多是阴天，常伴有淅淅沥沥的小雨，北大西洋的风裹着乌云呼啸前进，更给行人带来些许寒意。然而，璀璨的节日灯火、热闹的冬日市场和盛大的节日庆典给城市增添了烟火气。在新旧年交替的假日，与摄政街圣诞天使彩灯和南岸圣诞集市同样令人流连忘返的，是中国城遍布每条街巷的红灯笼和春节当天的游行表演。

春节庆典可以说是给伦敦的冬日节庆季画上了一个完美的句号。品尝过英国特色的圣诞美食，看过河岸边炫目的跨年烟火，春节给已经投入到新一年工作中的人们带来了富有东方特色的休闲好时机。从特拉法加广场开始，欢乐的气氛便如同春日的花香般感染着声音鼎沸的人群。广场上搭起了舞台，为来自世界各地的人们奉上精彩的中国特色节庆表演。扇子舞、传统音乐，结合传统相声的脱口秀表演……人们倚靠在喷泉边、坐在台阶上，手中拿着的中国风味美食冒出热气，温暖了在寒风中有些发红的脸。在广场上能听到很多不同的语言，绝大多数我并不能听懂，但人们的语气和表情中全部是体验中国春节文化的兴奋和对庆典的赞叹。

花车游行也是伦敦春节庆典的重头戏之一。沿路往特拉法加广场的西北方向行走不远，便是位于中国城与皮卡迪利广场之间的沙夫茨伯里大道，这也是花车游行的主要场地。为了庆祝兔年的到来，长长的花车队伍中装饰了不少兔子形状的花灯，还有队伍成员扮成憨态可掬的兔子玩偶与街边的观众互动，引来一阵阵欢快的笑声。气势非凡的金龙蜿蜒而来，在乐鼓声中尽显中华传统美学的魅力。

而让我印象最深的，还属中国城主街上令人惊叹的南狮表演。大年初一的傍晚，我在中国城不远处的剧院刚看完一场由欧洲文学经典改编的音乐剧，一走出剧院大门便迎面撞进红火灯影和洋洋喜气的怀抱里。踏着石板路向中国城里面走去，弹着吉他的街头艺人唱着流行的欧美歌曲，与一旁锣鼓喧天的南狮表演相映成趣。挤进围观的人群颇费了我一番工夫，既要注意绕过一旁店家在门口摆设的招牌桌椅、餐厅门口排队的食客，也要留心密集人群中通往表演中心位置的空隙。我终于见到正在灵活跳跃的醒狮。南狮头部装饰华丽，鲜艳的色彩随着艺人的熟练步法和灵巧动作在空中留下一道道缤纷的幻影。在鼓掌声中，醒狮奋起、跃进、酣睡、施礼，神情活灵活现，像是在为观众们热情的拍摄道谢。我站在装饰着金色龙凤图案的牌楼下，看着醒狮的轮廓映在一旁的落地窗上，与窗内坐在灯火通明厅堂中大快朵颐的食客的身影不时相叠。不同文化在这条街巷圈出的小小空间中融汇，而春节所体现的中国传统文化的丰富内涵、中华儿女的凝聚力与中华文明的包容性，是这庆典的点睛之笔。

三

与故土的距离让我在海外留学期间得以重新审视、体会中国文化，而在伦敦寻找中国文化足迹的经历让我更深地感受到中西文化在接触、交流与互鉴中蕴含的发挥中国智慧、促进文明对话与和平发展的潜力。不仅是伦敦的中国春节庆典的盛况，如《流浪地球 2》等中国当代影视文艺作品在英国的上映，都体现了中华文化旺盛的生命力与创新力。中华文化未来在世界舞台上的进一步绽放，正是我们这些年轻学子为之努力的目标。

编者寄语

作者是山大走出的学子，她到英国留学期间，仍不忘在伦敦寻找中国文化的足迹。她热爱文学，首先关注的就是英国作家狄更斯与中国作家老舍之间跨越时空的交流，而后又在伦敦感受到了中国春节的盛况。“弹着吉他的街头艺人唱着流行的欧美歌曲，与一旁锣鼓喧天的南狮表演相映成趣。”这一幕堪称中西方文化互相融合的形象写照。相信很多中国学子都像本文作者一样，有出国留学、走出去看世界的经历，看到世界舞台上多元文化视角下的民族文化。在异质文化环境和跨文化语境下，反而会对生于斯长于斯的中国文化理解得更深入、认同感更强烈。

守望传统，接续荣光

——中国古典学的现代使命

/ 闫苏豪

“观乎天文，以察时变；观乎人文，以化成天下。”中国古典学术人文精神烛照千载，不绝如缕。经历一百余年的激烈震荡，中国文化主流特质不可避免地出现巨大偏转，渐次偏离以经学为主轴的自然发展阶段，而转向现代学术语境下的古典学建构。这是西学东渐以来学术界不断酝酿、塑造的结果，非一朝一夕之功。文化的残缺与破碎、文化的断裂与再生，为古典文化的继承带来了客观的困难，同样也孕育着新的使命与责任。

对于一般人而言，中国古典学这一概念或许稍显隔阂，但事实并非如此，古典学的内涵遍布在大街小巷，与一般人的距离并不算远，可谓“青青翠竹尽是法身，郁郁黄花无非般若”。何以言之？略举二事以稍作阐明。

济南东北部有华不注山高耸屹立，“直上如笋”，赵孟頫《鹊华秋色图》上所画的正是这座山，著名的齐晋鞌之战就发生在这里。此山的名字首次被载入史书，即因华不注山成为齐、晋两国的交战战场，《左传·成公二年》云：“齐师败绩，逐之，三周华不注。”如上所言，这场战争以齐国的惨败告终，齐顷公也差点被晋军俘虏，灰头土脸地跑回临淄，只好“使宾媚人赂以纪甗、玉磬与地”，但这也在无意中成就了逢丑父的名声——逢丑父本是齐侯的车右，在混乱中和齐顷公交换了位置，代替齐顷公被俘虏，差点被郤献子杀掉，可谓是忠臣的典范。今天华阳宫里仍旧供奉着逢丑父的神牌，就是为了表彰他的勇气与忠诚。这一传奇性战役被记载到《左传》中，研究《左传》的学者不可能不读到它。西汉以降，伴随今古文之争，《左传》地位越来越高，西晋杜预为它作注，唐代孔颖达为之作疏，它就正式成为五经之一。关于“华不注”的讨论也愈发引人注目，有人猜测，“不”字读作“跗”，则“华不注”实际是“华（花）跗之注于水”，如出水芙蓉之情状。仅从“目验”上说，似乎确如其事。当然，这是否符合“华不注”名称的本义，已经无从考证了，但偶尔“以意逆志”一下，也未尝不可。

华不注山构建了济南与传统经学的联系，而趵突泉则为济南与乾嘉汉学搭建了津梁，为什么这么说呢？原因就在于“趵突”二字的释义上。郝懿行《证俗文》认为“趵突”乃齐地方言词，齐人称呼数尺高的泉涌叫“瀑流”，又名“趵突”，此说殆始于宋人曾巩。按照郝氏之说，“瀑流”之“瀑”与“趵突”之“趵”是义近的，但郝懿行没有再往下进一步解释。到程瑶田《果赢转语记》正式明确认定“趵突”二字是“转语”（音转）关系，云：

“又转之为趵突泉。”所谓“转”，就是“一声之转”，即“趵突”二字不能循字解释，必须通过声音揭示含义，亦即“趵突”二字作为联绵词，不能单字独立表意，必须合在一起训解。乾嘉汉学最重要的方法——因声求义，就这样在“趵突泉”上淋漓尽致地得到彰显。所以，当我们再去趵突泉的时候，切忌梏于字义生硬作解了。

以上所言，并不是漫无目的的闲谈，它已经触及中国古典学的核心议题。这些话题在今天的读者看来，还是会有新奇的感觉，但对于清代的读书人而言，基本属于鼎鼎大名的“公案”了，这从某种层面反映出古典学的式微。辛亥鼎革后，古典学术基本失去了生存的土壤，在学术的现代化转型中被无形抛弃，陈寅恪“文化神州丧一身”之语，殆非虚言。古人有言：“皮之不存，毛将焉附？”又言：“覆巢之下，复有完卵乎？”一旦以经学为主线的古典学术脱离了考核选拔模式，它就必然地“卤莽灭裂”走下坡路。而要重振古典学术的文化地位、重塑古典学术的当代面貌，就必须重新回到以经学为本源的学术理路中，以古人的方式思考古人的问题。就像段玉裁所说，要“以孔还孔，以陆还陆，以杜还杜，以郑还郑”，唯有如此，方能存得几分真精神在。

吕友仁先生曾多次谈及设置经学学科的问题，可谓剀切中肯，而山东大学尼山学堂的培养模式，可以说间接地实现了吕友仁先生的夙愿。杜泽逊老师说：“国家还没有‘国学’或‘古典学’学科，更谈不上公认的课程体系。山东大学的古典班和其他高校‘国学班’一样，都带有探索性。”尼山学堂开设的专业课程，以经学（十三经）为主轴，辅以四部经典，循序渐进，渐登高台，始于《诗经》《左传》，进于《尚书》《礼记》，终于《周礼》《周易》，由于课程设置符合古典学术的认知规律，从而避免了治丝益棼、急于求成的弊病，让学生优游心志，从容向学。而作为其特色的原典导读，发挥了构建完整知识体系的重要作用。以《尚书》导读课程为例，《尚书》素称难读，所谓“周诰殷盘，佶屈聱牙”，因而导读重点选择《尚书》今文部分疏通字句，如《尧典》《禹贡》《盘庚》《大诰》等经典篇目，通过学习基本将疑难问题一网打尽，《书》之端绪由是可得而窥。又如《左传》导读，重点围绕《左传》阐释《春秋》，辅以《公羊》《穀梁》，既重视文本训诂，以明经文之大意；又重视解经思想，以明经文之大义。可谓文质炳焕，义理粲然。《左传》与经义在离合之间，遂以《公》《穀》补之；《公》《穀》于史实多乖违之语，遂以《左传》补之。可谓相得益彰，以证异同。总之，经过尼山学堂系统的学术训练后，学生基本可以贯通十三经，并围绕经学构建起古典学术体系框架。

除经学外，尼山学堂另开设有史学、哲学、训诂学、音韵学等课程，目的是打破学科壁障，培养学生广阔的学术视野。目前来看，尼山学堂的学生基本能实现综贯文史哲的学术要求。而本文讨论的文化继承与文化互鉴问题，正是学堂西方汉学研究课的讨论对象之一，尼山学堂开设课程覆盖的广泛全面，于此可见一斑。

当然，继承古典学不是追求摹古、复古，而是要将其融入现代学术评估体系，以现代思维与价值理念进行观察思考，包括对前人的纠谬与勘正。事实上，古典学的发展史也是一部纠错史，认识到前人错误才能更好地前进。清代王念孙、王引之的《经义述闻》，就是为经籍及其注解勘误的经典著作，虞万里谓之“周秦经典正讹计划”。试问：二王父子对前人的疑辨是否颠覆、否定了古典学术呢？答案显然是否定的。若无《经义述闻》《读书杂志》在内的一系列校勘学著作，乾嘉学术就不会提升到如此的高度。同样，对于近代的疑古学派，亦不可视之为土芥、疾之如寇仇，他们继承了胡应麟、阎若璩、朱彝尊、姚际恒的事业，将中国古典学术引入学术批判范畴，促进了古典学的近代化转型，其功甚伟。

要将中国的古典学发扬光大，除了做到“内圣”，还要开出“外王”。何以言之？要将古典学术融入当代文明汇通的环流，不能“躲进小楼成一统”。三国至五代，来自印度的佛教经典大量流入内地，间接影响了魏晋玄学的思维模式；中唐至明清，来自中土的汉籍文献大量流入日本，进而促成了东亚系统的文化传播之路。这些例证无不提醒着我们：中国古典学在历史上就是一个开放多元的体系，既取材于别国，又影响到异域，虽有自身的文化主轴，实则兼蓄百家之优长，这在学理上有力证明了文化互鉴的必要性。而自理雅各（James Legge）以来，西方人对中国文化的理解，亦逐渐构成了审视中国文化的第二视角，对于古典学术的自我评估意义重大。“他山之石，可以攻玉。”要全面认识古典学术，就必须借鉴国外汉学的有益经验。此外，伴随汉籍合璧工程渐次推进，学者得以再次认识到国外环境对佚书保存的重要价值，著名的皇侃《论语义疏》借助海外贸易在清中叶回传本土，并被抄入《四库全书》中，而杜台卿《玉烛宝典》等久佚之书亦在黎庶昌等人的努力下重现中土，这样的例子并不鲜见。文化交流的价值，亦于此得以彰显。

继承和弘扬古典学术，我们还有很长的路要走。期待后进学者接续前业，善始克终，使古学有为于今。也期待在不远的将来，有更多的人在走近华不注、趵突泉时，能够“看山不是山，看水不是水”，做到这样，古典学才算是揭开其神秘面纱，“飞入寻常百姓家”了。

编者寄语

在一个高速发展的社会环境里，可能很少有人，特别是青年学生愿意驻足于“国学”领域，静下来、慢下来，下一点“死功夫”，做一些“古”字的学问。本文作者和他的同伴们作出了这样的选择：他们致力于继承古典学术，但并不追求摹古、复古，希望以自身的努力实现中华文化的博古通今和海外远播，促进古典学术与当代社会的汇流，愿他们意志弥坚、高飞远举。

漫思中华人文，躬行传承创新

/ 何心悦

你有没有走过济南老城区的街道？辗转流连间，总能和一面浓绿的爬山虎墙不期而遇，肥厚堆叠的叶片在微风中漾起波纹，橙红的凌霄花蜿蜒而上，倚在墙头，饶有兴致地听着悠远的二胡小调。轻轻地，缓缓地，踏在粗糙的石板纹理上，摸索着经久挺立的石栏，转过几片灰墙黛瓦，隐隐有光透出。侧耳细听，人声、脚步声、流水声纷至沓来。复行数十步，就看见杨柳依依，水光粼粼，一城山水一城人的生活缓缓铺开在眼前。

时至傍晚，明月渐升，湖水边游人憧憧。精致的游舫划开湖面，船尾激起波纹，荡入藕花深处。一湖荷花摇曳，仿佛下一刻就要从中飞出几只水鸟。岸边就是藕神祠，那位“争渡，争渡”的晚归人，如果遇到今天这样火树银花、灯火璀璨的盛景，也会放慢脚步，融入人群细细品鉴吧！我不禁会心一笑，平日里无论是拜访名山大川，还是遇见日常风景，总要想些诗词歌赋、名人逸事作配。吟诵着前人金句，谈论着趣闻故事，心中仿佛也充满了挥斥方遒、激扬文字的豪气，一词一句皆唇齿留香。人生代代无穷已，江月年年望相似。这片土地敦实而无言，一代代人辛勤劳作，且歌且舞，在漫长的历史中留下了丰富瑰丽的文化财富。如今口耳相传的名句，越过时间的洪流，延展中华文化的脉络，赋今人以古意，传古人之遗情。

诗人文人总爱对着流水感怀嗟叹，我倚靠在石栏边上，听流水与石岸喁喁私语——千古兴亡多少事，它们听了一代又一代的事迹，看了一场又一场的祭奠，恐怕天下英雄都淘尽在它们的低语中了！我不禁好奇，进而附耳细听：中国人到底把哪些人尊为英雄呢？我听到流水不断上溯，上溯，它说孔夫子是位英豪，孔武有力，却以教化服人。修己以敬，修己以安人，他提出了知识分子的理想人格和信念追求。己欲立而立人，己欲达而达人，他奠定了中华民族的传统道德基础。直到今天，我们仍能从他的思想中发掘出不落后于时代的精华，并加以现代化的创新解释，如有教无类、见利思义等。它说岳飞、文天祥这类人都是英雄，他们怀抱一腔热忱，热切地期盼收拾旧山河，对自己的国家爱得深沉。这份热爱一脉相承，无数仁人志士在近代国家危难之际高喊“天下兴亡，匹夫有责”，救亡图存，无惧生死。以爱国主义为核心的民族精神将中国人民紧紧联系在一起，人民对这片土地爱得深沉，所以抵御外敌，保家卫国。从古至今，爱国始终是中国社会追求的核心价值之一。它说郦道元是英雄，访遍山河大地，查尽风俗人情，撰写《水经注》，终成一家之言。它说李易安是英雄，钟灵毓秀，开创独特词风，为词坛添一缕红袖书香。它说……

流水泠泠，承载着千年的时光与记忆，长盛不衰。在历史的积淀中，我们尊敬思想家，崇敬改革家，向爱国者致以崇高的敬意，对有气节的人给予最大的尊重，他们都是中华民族的脊梁。我们的民族同样将深情的目光投向辛勤的劳动者，技术、艺术的创新总是出自昼出耘田夜绩麻的劳动中，是无名、无言的人民砌起了中华文明的基石，因其人民坚韧不拔，因其民族开放包容，中华文明保持自身鲜明的民族特色，长久地屹立于世界民族之林。

我在诵读经典中成长，深受文化仪礼熏陶。优美的文学作品启蒙了我的美学观念，我的审美深受这些文学描述的影响。对风景的欣赏、对语言的品鉴、古今文人的意趣追求都为我提供了一种看待世界的视角：蜻蜓立荷尖是美，残荷听雨声也是美。三更灯火五更鸡是一种生活方式，儿童散学放纸鸢也别有一番风趣。生活是多样的，重点在于如何理解与选择。望见蟹青的天空，身处嘈杂的市场，都是一种活着的真实。中国文化注重个人的修身养性，追求天人合一的境界。我总想着这不仅表现为“一蓑烟雨任平生”式的旷达与平静，更是一种生活的自洽与和谐。譬如工人熟练地完成自己的工作，小贩热情地吆喝自己的商品。人总要找到自己的节奏，知道自己擅长什么，怀抱着信念去追求自己想要的生活方式。当离家远行，一些文化传统，如节日、民俗、礼仪等往往会引发游子强烈的思乡情感，中秋之明月、新年之团圆，都能触动中国人心中的柔软，勾勒出家的温暖与对家的思念。所谓叶落归根，狐死首丘，家是一个人的根脉所在，它将个人紧密地联系在社会当中，从小家的团结到国家的统一，爱家与爱国相辅相成。

前些日子刚过中秋，学院里举办了传统形式的游园会，我满怀期待地一项项尝试。点茶，用竹制茶筅研磨着茶粉，打出沫子直至黏稠，清香四溢。投壶，掂量着羽箭，细细校正方向，把控力道，掷向壶中。猜灯谜，端详悬挂的谜面，凝眉思索，品味文字，别有一番风趣。团扇、宫灯、折纸……学生们体验一项项传统的游艺活动，感受中华文化的独特韵味。我注意到有不少留学生也参加了活动，他们或是饶有兴味，或是惊叹不已。身着汉服的志愿者引导着他们，人们摩肩接踵，却都乐在其中。我越发认识到中国文化本身是很有魅力的，我们自己首先要深刻了解思想内涵与活动形式，然后才能宣传与创新。中国文化有着丰富的表现形式，中国人民重视现世的生活，精神财富和物质财富蓬勃发展。舞蹈、戏剧、书法、国画，诸如此类，只要能够组织起来，安排出引人入胜的环节，就能吸引很多人驻足围观、参与其中，甚至掀起一股热潮。我参加过学校开设的书法课，毛笔尖在纸上断连辗转，字的间架结构镌刻心间，学习一段时间后，与好友畅谈交流，别具一番风味。中华文化博大精深，还有很多内容等待你我挖掘。

中国文化的魅力不仅仅在于记忆的传承、情感的联系和形式的丰富，更在于思想的深刻，其中不少优秀的哲学思想与政治理念在今天仍为我们的生活着色添彩。我每每去了解中华民族五千多年的光辉历史，就感觉自己像生在泰山之阿的桂树，在浩渺的历史中膜拜，获得直击心灵的震颤。

小时候我专门准备了一个小本子，写上我百思不得其解的问题，等待长大后的我去解答。我的小本子早已遗失，幼时的疑问也消散在过往云烟中，无从得知。对此我十分惋惜，但何其有幸，中华民族幼年的疑问却蹚过了历史湍流，被很好地保留下来：遂古之初，谁传道之？上下未形，何由考之？屈原所作《天问》，在中华文明兴盛之初发出奇问，留给后人无尽的想象与回味。现代中国将行星探测任务命名为天问系列，在追求科学真理的路途中上下求索，回应前人之问。一个擅长提问的民族，必是善于思考的。有思考才会去探究，去探究才能有创新。我也会在日常生活中多思考，重视自己的疑惑，不断探究，勇于创新。

中国文化对“人”给予了充分的关怀，在思辨中发展出独到的哲学。无材之木有无用之用，塞翁失马是福祸相依，正确看待人生中的得与失是人的必修课。一个理想中的人应该是什么样的？在身处低谷时独善其身，在飞黄腾达时兼济天下，承担起社会责任。市民阶层充分发展后，关于“人”的理论进一步完善。人人皆可成尧舜，愚夫愚妇与圣人同，在理论层面肯定了普罗大众的人格。儒家伦理、魏晋玄学、宋明理学、阳明心学、经世致用等思想，都包含对人如何适应社会的思考。到了近代，各种思想激烈交锋。尤其是马克思主义传入中国后，推动了中国共产党的诞生。党带领中国人民摆脱压迫剥削，获得解放。

人声渐沸，小孩子的嬉闹声在不远处响起，身边的电动车、自行车逐渐多了起来。晚风吹拂过湖面，带来几分凉意。我调转身子，信步走出曲折的小巷，便见华灯初上，车水马龙。顺路走过去，能看到公园里的老人正练着太极，老牌糕点铺刚上几样新品，马路上的车正在礼让行人……从古至今，人们在这片土地上安居乐业，把日子过得红红火火，创造出丰富多彩的文化。

中国文化贯穿着我的成长历程，陪伴着我，塑造着我。对于其传承与创新，我们应满怀敬意地了解其内核，发掘新形式，体悟其情感，发扬其思想，使其焕发新的生命活力。

编者寄语

与其说这是一篇散文，不如说这是一名学子对中华文明的一次沉思与体悟。作者漫步济南老城区，思绪如流动的泉水，连接古今。面对绵绵缗缗的中华文明，作者写下了她的崇敬与希冀。作为一名青年大学生，作者能用“我手写我心”，是情愫更是能力，能用阅读之层累去呈现所见、抒发所感、深描所思，激发读者内心之共情、思想之共鸣、审美之通约，是青春的力量，更是使命的彰显。

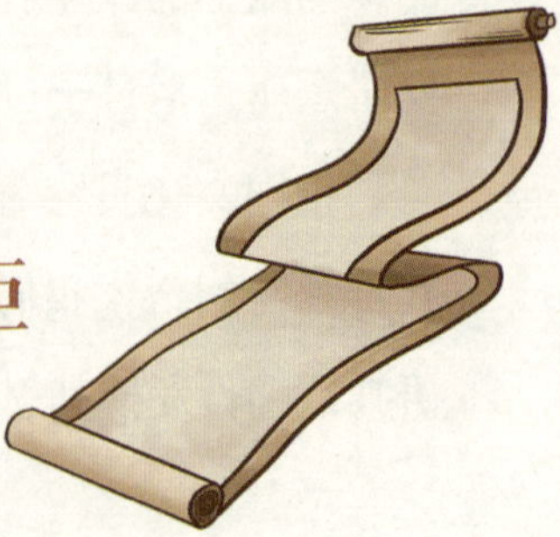

观文化昌盛，擎传承火炬

——在历史中寻求文明

/ 李文清

文化是一个国家、一个民族的灵魂，承载着无数文化记忆与民族精神。历史是文化的载体，在五千多年的历史长河中，中华文化于黑夜中燃起炬火，让一个民族在悠久的历史长河中绽放出绚丽的光芒。泱泱中华，历史悠久，文明博大，从殷商文明到周秦汉唐，从宋元明清到近现代文化长廊，中华文化的火炬一直在延续。文化的传承，如同一条绵延的长河，悠悠地流淌着，它汇聚着先贤的智慧，承载着先人的情感，传递着世代的记忆。

那么，何为“文化”？我倾向于从“文”和“化”两方面去理解。

文化，以文而就。文化是古城朱雀的小街，街头巷尾传承着无数故事，每一块青石板都记载着岁月的沉淀；文化是太白唱醉的明月，皎洁而婉转，如诗如画，映照着人们心中的理想和憧憬；文化是仓颉创造的文字，是人类智慧的象征，是思想的传承和交流；文化是孔孟儒家的学说，是道德和礼仪的根基，是中华民族精神的象征和延续。在文化的海洋中，我们仿佛置身于千年古道，感受着历史的深沉和传统的包容。

文化，为人化成。人是文化的存在，文化说到底是“人化”和“化人”。“人化”是按人的方式改变、改造世界，使任何事物都带上人文的性质。“化人”是反过来再用这些改造世界的成果来培养人、提高人，所以就需要人们在接受文化传统的同时，也不断地对其进行创新和发展，使文化得以不断更新和延续，形成新的文化形态。

如何感受文化？我的回答是在历史中发现文化、传承文明。

一方面，史书典籍的阅读与专业历史知识的学习使我们看到中华民族来时的路。“史者，所以明夫治天下之道也。”党的十八大以来，习近平总书记反复强调，要尊崇历史、研究历史，确立历史思维，传承中华优秀传统文化。在历史的长河中，我们可以看见古埃及的金字塔、中国的长城、希腊的哲学、罗马的法律等，这些都是人类文明史上的重要符号和标志，这些古老的文明遗迹，不仅是人类智慧和技术的结晶，更是对人类生活方式、价值观念和社会组织的见证。在历史中看见文明，也让我们认识到文明并非一成不变，而是在不断地变迁和演进。

回想高考报志愿的那个清晨，只是将历史学作为一个后备选择的我根本无法想象，有一天自己会如此热爱历史，热爱历史文化长廊中的每一个符号与记忆。通过本科期间的阅读与学习，我喜欢上修身齐家治国平天下的儒家经典，喜欢上马伯庸笔下一个个鲜活的历史人物。我希望能走进历史情境中，感受长安城里的繁华热闹，感受大运河上的漕运往来，感受诗人心中的豪情壮志或是郁郁难平，对历史文化的兴趣与积淀驱使我不断扎根历史，深入学习。

我最开始知晓儒学高等研究院是在本科的课堂上，一位从这里毕业的史学理论专业的老师将《史学引论》一书作为课程教材，课上多次提及王学典教授的治学经历与学术成果。我立即通过网络搜索了解了一下，随后就产生了报考儒学高等研究院的想法，到 2023 年 9 月终于如愿。在几个月的学习历程中，我感受到这里的温度与关怀，仿佛发现了打开历史学大门的另一把钥匙。不同于本科期间的课堂填鸭，不同于兴趣驱动的书籍阅读，儒学高等研究院更注重对史学理论与历史学科演进发展的探讨。在这里，我感觉自己真正成为了一名“历史人”；在这里，我感受到老师们治学的严谨，每一次和导师的交谈都会促使我向历史深处更进一步。在这里，我看到老师们为传承中华优秀文化而作出的不懈努力。创办于 1951 年的《文史哲》杂志，70 多年来始终不渝地坚持以古典人文学术为重点的传统文化研究，着力推动中华优秀传统文化“走出去”，业已成为国际学界了解中国人文学术成果和学术思想动态的重要窗口。2021 年 5 月 9 日，《文史哲》编辑部全体编辑人员收到了习近平总书记的回信，这是对《文史哲》杂志在赓续中华文脉、传播优秀传统文化等方面工作成绩的高度肯定。在这样一个充满传统文化积淀的平台，我们发现、传承、创新文化的使命和责任似乎更加迫切。

考古器物的出土与历史遗址的发掘不断证实了中华文明的悠

久，增强了我们的文化自信。2001 年，我国正式启动了中华文明探源工程，在众多考古遗址中，主要对良渚遗址、石峁遗址、石家河遗址、陶寺遗址、二里头遗址等进行考古发掘，并对这些遗址周边的聚落群开展大规模考古调查，其间出土了丰富的器物与文献，证实了华夏大地绵延不绝的文明传承。其中，三星堆遗址的发掘在当时引起了人们的广泛关注与热议，后续的内涵揭示与历史诠释，更是极大提升了古蜀文明的历史地位，以祭祀坑为代表的遗迹及出土文物，生动展现了古蜀文明的独特性和创造性。三星堆遗址位于传统的中原文化圈和半月形文化传播地带之间，与周边地区尤其是中原地区产生了密切的交流，亦是统一多民族国家早期融合过程的见证者。尤其是青铜持鸟立人像与三星堆青铜面具的出土，让我们深切感受到中国古代文明的弥足珍贵，感受到历史瑰宝的魅力，让生活在今天的我们有穿越历史、“触手可及”的文化亲近感。

今天，当我们从历史视角去讨论文化时，很多人可能会觉得自己不学历史专业，也不懂那么多历史知识，因而缺乏探究的勇气、参与的动力，更不知与历史对话的路径，无从下手。可喜的是，近年来，历史逐渐得到传播媒介的礼遇，出现在各类综艺和文化节目中，潜移默化地走进了我们的生活。

互联网与新媒体的发展是历史文化“具象化”的重要条件。社交平台上，传统文化类节目和短视频屡屡刷屏；每到节假日，“打卡”博物馆成为热潮；重大考古发现揭晓，也会引发全民围观……今天，我们与中华优秀传统文化的相遇愈发频繁、对话愈加真切，中华优秀传统文化日益融入我们生活的日常。各地的博物馆成为人们出行旅游必不可少的打卡地，去博物馆里回溯历史、叩问文明似乎成了人们心中共同的兴趣。人们试图在博物馆中与文物对话，一眼穿梭千年。关注的目光和情感的注入使得这些器物不再是冷冰冰的陈列，从半坡遗址的陶器，到秦汉的陶俑和唐朝的唐三彩，从新石器时代良渚文化的古朴神器玉琮，到汉代精巧的金缕玉衣，文物的背后蕴含着中华民族光辉灿烂的文明。

《国家宝藏》《典籍里的中国》等文化创新类节目的火爆更是历史文化“具象化”的典型例子。《典籍里的中国》由中国古代典籍入手，以跨时空对话的舞台剧形式，带我们领略上千年历史，溯源华夏文明，挖掘典籍中的精神内核，体会其中绵延至今的文化精粹。其中最令我印象深刻的是伏生向晁错讲述自己和家人护书的场景。秦始皇焚书坑儒后，《尚书》仅剩国藏与伏生家藏两部，后又经项羽火烧咸阳，仅剩一部伏生家藏。在当时战火不断的社会环境下，伏生与家人用生命护《尚书》，在战乱兵荒的社会环境中将《尚书》从咸阳运回山东老家，途中为护《尚书》他的儿子死于兵荒，妻子也病故。从中我们可以看到，在浩瀚的历史长河中个体为文化传承作出的努力。这何尝不是华夏文明于个体身上所展现出的旺盛生命力呢？这何尝不是华夏文明延续几千年生生不息的原因呢？无论是历史还是现在，每个个体都在为文化传承贡献自我力量。

历史是文化的载体，文化是历史的根脉。中华民族的历史画卷中有着太多奇迹，产生了太多文化，等待我们不断挖掘。习近平总书记强调："中华优秀传统文化是我们最深厚的文化软实力，也是中国特色社会主义植根的文化沃土。"作为一名青年学子，我们应当认真回顾走过的路，不忘来时的路，继续走好前行的路，在历史中发现文明，坚守文化自信，在实践中传承与创新、互动与共鸣，让传统文化在时代的舞台上大放异彩。

编者寄语

从对历史的漠然到热爱、从陌生到熟悉、从爱好到专业，这是作者的心路历程，也体现了他在历史中寻求文明的足迹。一堂课、一本书、一个推介或者一次人生际遇，都可能会影响到一个学生的人生选择。憧憬一个美好的目标、埋下一粒期望的种子，可能会收获人生更多的风景与无限的可能。希望作者的这种转变和成长历程能发生在更多青年求学的过程中，用好奇、真挚与激情，去关注文明传承的命题，去关心文化传承的社会新貌，也去挖掘自己的潜质潜能，遇到更好的自己。

邂逅

——一脉文化遇乾坤

/ 李思涵

虽迟未晚，它们是我初来时的牵挂，离开时的羁绊。

一

第一次踏入山东大学校园，是在 2019 年 7 月。

华冠丽服、金声玉振、笔墨横姿、花笺清茗……鲜活的事物在我的眼帘里跳跃，舞出一片婀娜，让我的心跳怦然加速。原来，所谓“博大精深”的中国文化就是目光所触之景。此后，我的生命中诞生了许多“第一次”：第一次自由漫步于中华传统文化研究与体验基地，第一次对话丰厚的文化遗产，第一次接触体验式文化教学，第一次思考中华文化的时代价值……这所有的第一次，都起于那个夏日，我参加了山东大学国际教育学院的优秀大学生夏令营。

第二次踏入山大校园，是在 2020 年 9 月。

“自古以来，焚香、品茗、抚琴、插花，便是文人雅士生活中重要的组成部分。华服夏礼，琴瑟和鸣，悠悠然展现出中华民族的浪漫情怀……”一听如故，再听倾心。作为一名研究生新生，我迫不及待地与体验基地来了一场久违的相聚。除了选修“中华文化体验与传播”相关课程，我还在体验基地担任志愿者和课程助教。在种种熏染之下，我成了一名忠实的文化信徒，也对民族文化有了更深刻的认知。

文化，是一种生活方式；中国文化，就是中国人的生活方式。它镌刻于我们的基因，流淌于我们的血液里，传情于我们的眉眼，映现于我们的举止。

2021 年 9 月，第四届全国研究生汉语教学微课大赛即将开启。“思涵，你带着师弟师妹们一起报名微课大赛的团体赛吧。”导师的话如同一粒种子，在我们心里开出希望的萌芽。但选择什么知识点作为系列微课程的教学内容好呢？语音？词汇？语法？“中华优秀文化的创造性转化与创新性发展是我们的时代使命，用国际话语讲好中国故事是你们的专业与专长。找一找典型的文化符号，把所学的知识贯穿起来，用行动去探索、去实践。”导师的话让我们醍醐灌顶。

中华文化浩如烟海、灿若星辰，撷一叶便可绽满庭芳华。那么，选择什么文化点来传达中国文化特质呢？一阵头脑风暴后，我们从文化课上汲取了许多灵感，最终确定了参赛主题“中式艺术生活——琴棋书画”。善琴者通达从容，善棋者筹谋睿智，善书者至情至性，善画者至善至美。此四者，不仅渗透着中国人的精神气质、审美情趣，也蕴藏着丰富的哲学思想、民族观念。于是，我们开始着手准备院赛。筛选知识、编写脚本、制作 PPT、拍摄视频、剪辑视频……短暂而紧张的 48 个小时里，整个团队铆足一股劲儿，夜以继日、废寝忘食地与时间赛跑。最终我们的样本视频通过了学院的初选，将代表学校去参赛！

2021 年 10 月起，汉语教学微课填满了我们全部的课余时间，学院自习室成为我们的第二个宿舍。切磋琢磨的火药味，全盘推翻的苦涩，被保安大爷催回宿舍的无奈，被宿管阿姨关在门外的徘徊，被电脑折磨得憔悴的眼睛……在这艰难的 10 月，我第一次知道，原来食堂负一楼常为迟来的学生敞开怀抱，原来黎明的距离可以用笔记本电池的循环次数来计算。但面对这一切，大家甘之如饴。完成微课视频的那一晚，我开心得像一个疯子。那天晚上，我分外安稳地躺在床上，听着咚咚的心跳，忽然感慨：风平浪静的日子里，突如其来的波涛汹涌是多么美好的青春记忆啊！

后来，比赛结果公布："中式艺术生活——琴棋书画"系列微课获团体组一等奖！

二

新故相推，日生不滞。

2021 年 11 月，第二届唐仲英山大学子"中华文化创未来"项目开始申报。"琴棋书画"团队在导师的带领下，继续扎根体验基地，探求中华优秀传统文化的创造性转化和创新性发展。

这次，我们基于自己的兴趣爱好，将目光聚焦到了中国香文化。香之伊始，上起鸿蒙，赓续不断。“它邀天集灵，祀先供圣，是敬天畏人的体现，是礼的表述；是颐养性情、启迪才思的妙物，是祛疫避秽、安神正魄的良药。古代的医师、文人、名僧、道士等广涉香药、香方、制香、用香等多个方面，都对香的发展有重要贡献。后人以香祖为先导，以香圣为榜样，树立人生自信、民族自信、文化自信。”

而在当代中国，一提起“香”，人们常常想到香水、奢侈品、法国等关键词，中国香文化的传承与创新也远不及茶文化、酒文化等其他中华民族文化。但其实，气味具有感情属性，作为一种传播媒介，能够在潜移默化中激发人的记忆与情感，以渐进温和的方式达到强有力的传播效果。立足这些思考，我们开始大量阅读香文化相关典籍，探索中国香文化的秘密，并撰写了《冷凝香手作——中国传统文化的感质性产品与体验式教学设计》立项申请书。传播中国香文化，是小众的，亦是大众的。我们希望以香为媒，搭建香文化与其他优秀传统文化之间的桥梁，开发感质性文创产品，并在此基础上推动体验式文化教学，开发多种形式的创新型文化资源，从而促进中华传统文化的协同发展与传播。

一个月后，该项目被选为“中华文化创未来”重点项目，我们也顺利研发了“月令凝香”系列香膏、“生肖凝香”系列香牌，同时借助山大国际教育学院和体验基地的品牌力量，将中国香文化的教学与传播延伸至“暖阳春苗”文化志愿服务、“国际中文日”

文化沙龙、研究生暑期学校课程等活动。

“我也是在今天才学习到了这些以往都没有意识到的文化。能够把这么深奥的知识讲得通俗易懂，真的特别棒。要是你们今天不来，这儿的孩子什么时候才能接触到啊！即使是在城市里，也很难接触到中国的香文化……”

“通过这次冷凝香非遗技艺体验，我不仅了解到很多关于香的知识，还摸到了、闻到了麝香、龙涎香、沉香、檀香四大古香。制作冷凝香之前，主讲人为我们介绍了调香的原理；在制香时，我们小组成员一起选择了前调、中调和后调香味，最后的成品清香淡雅。真的是知识、体验都收获满满的一节课！”

“一个美好的下午，一场与香的邂逅。从闻香识香，再到自己调香，我们既收获了关于‘香’的知识，又体验了亲手制作的乐趣。”

“妙境可能先鼻观，俗缘都尽洗心兵。”静坐一炉香，在时光罅隙间瞥见这些肺腑之谈，一切都豁然开朗。

三

在山大，有些记忆在远去，有些记忆仍鲜活；有些身份在模糊，有些身份在清晰。作为汉语国际教育专业的一份子，学习、实践中国语言文化已然成为我的使命和担当。同时，这种“山大精神”也在学院提供的诸多宝贵机会中得到锻造，变得坚实。

令人记忆犹新的是 2021 年 6 月 2 日，学院下发一则通知，招募遴选山东大学对口支援新疆教师提升国家通用语言文字能力培训团队。这是教育部语用司传播普通话、促进民族团结的重要举措。我立即报名了这个项目，并最终荣幸地成为培训团队的一员。

我们马上紧锣密鼓地编制教学素材、设计教学课件、沟通学员教师、协调辅导教师、组建班级群……一切都是全新的体验。此项目前后持续了5个月，其间，我顺利完成了50课时的授课量，协助开展了2次阶段性的普通话测试、1次“我们新疆好地方”普通话竞赛活动。在那里，我与260位新疆教师相遇。虽然我已忘记自己在授课过程中教了哪些字、哪些词、哪些句子，但是学员老师们可爱的模样、可爱的话语时至今日依然深深触动着我内心最柔软的地方。

语言是文化的载体。即使我和新疆老师们在地域上有距离、在年龄上有差距、在文化上有差异，但我们都生活在同一片伟大的土地上，我们都有共同的身份——中国人！正如新疆老师们所说，学好普通话，可以帮助我们更好地了解并热爱祖国，肩负起传承和传播中国文化的责任。

后来，我又参加了帮扶陕西地区教师提升国家通用语言文字能力项目、春季学期东南亚专项教学课程。在这些教学实践过程中，我遇到了许许多多的陌生人。相遇的开头是一个巧合，相遇的结尾是一个惊喜，相遇的过程是文化自信的静水流深。正如张爱玲所说：“于千万人之中遇见你所遇见的人，于千万年之中，时间的无涯的荒野里，没有早一步，也没有晚一步，刚巧赶上了，那也没有别的话可说，唯有轻轻地问一声：‘噢，你也在这里吗？’”

在时间的无涯的荒野里，中国文化传播之路漫漫，山东大学哺育的孩子们奔跑于正道，上下而求索。

编者寄语

作者把对语言文化的热爱融入学习历程和社会实践中，在以微课为代表的新型教学资源研发中深化专业理论知识，在创新创业项目实施中熔铸对中华优秀传统文化创造性转化与创新性发展的激情与创意，在国家通用语言文字推广援助项目中践履使命与责任，在文化志愿服务中参与乡村教育振兴。积极的参与意识、丰富的经历和炽热的情感流淌在笔触间，让读者感受到问道青春、问道价值的美好。

我与文化传承的故事

/ 夏欣瑜

文化是缠绕在人身上的线，随着年龄的肆意增长，在不经意之间，一丝一缕，将整个人包裹起来，当你意识到的时候，它早已表露于一言一行之中。

小城独有的节日文化

我与中华文化的羁绊是从出生那一刻开始的。中国人对文化的传承是烙印在骨子里的，虎头鞋、百岁宴、抓周，成长的每一步都与文化息息相关。若说我有什么独特的记忆，大概就是那座淳朴小城为我的童年带来的节日体验。

我的家乡在河南省洛阳市洛宁县，素有“北国竹乡”之称，在这座小县城，我有幸体验了诸多城里孩子没有见过的节日习俗。最令我难忘的当属端午节。

每逢端午，我国许多地区都采用箬竹叶、芦苇叶等细长的叶子交叠在一起，包出三角锥形状的粽子，而我的家乡则不同。我们县的粽子多用宽大的竹笋叶包成，粽子整体呈扁形三角状，窄一些的笋叶则会被撕成绳子，用来固定粽子的形状。

新买来的笋叶都是一卷一卷的，要想便于包粽子，便要在包粽子前一个晚上将笋叶的形状变直，洛宁人称之为“储笋叶”。“储笋叶”的过程需要两个人一同完成。先将笋叶用水泡上，而后一个人将大圆桶放倒，双脚固定圆桶，两人一同合力将一张张笋叶摊平在桶上，达到一定厚度后，便将其挽成筒状挂起晾晒，若是今年用不完，明年也能接着用。上高中前，每一年我都会帮妈妈“储笋叶”，初中开始，又逐渐跟着妈妈学包粽子。先挑选出宽大的笋叶，折出三角筒状，再将江米、红芸豆、红枣一一放入，最后拿笋绳固定，而后摇一摇，让里面的食材分布得更为均匀，一个粽子就完成了。做粽子的过程听起来简单，但做起来并不容易，填得多了会让笋叶包不紧，蒸的时候米就容易漏出来，填得少了则会使粽子的口感大打折扣。

端午节前一天的晚上，妈妈就在院子里烧上炉子开始蒸粽子，拿出家里最大的锅，锅盖上还要再压一块大石头，防止漏气。第一锅出炉，再放进第二锅，等端午节早上醒来，便能闻到粽香。

在这个小城，传承下来的端午文化不只是包粽子，还有其他的诸多仪式。到了端午当天，父亲一大早就会跑出去买两捆新鲜的艾草，摘出两把挂在门上，以驱邪避害。家里的小辈醒来，便要在手上和脚上戴上五彩绳，脖子上挂上香包。县里还有给小孩儿涂抹雄黄酒的习俗，将碗倒扣过来，用白酒在碗底化开雄黄粉，涂抹在小孩的耳朵、手心和脚心，据说能起到驱避蛇虫的功效。酒精带着丝丝凉意渗入四肢，端午节的仪式感就又多了一分。

上大学来到了济南，我已经有许多年没有在家中过端午节了，但记忆中的端午味儿始终伴随着我。也许时过境迁，我会教给我的小辈如何包粽子，如何过端午，而后从那一口软糯与竹香中寻到儿时端午的味道。

记录也是一种传承

传统文化的传承既应有手艺的继承，也要有记忆的传递。我在大二那年转专业进入了新闻传播学院，转专业面试时老师问我为什么要转来这里，我说，因为我喜欢记录不同人的故事。我想，媒体人的使命就是记录，记录人、记录事、记录历史、记录文化。

大二暑假，我前往洛阳广播电视台进行了为期一个月的实习，这次实践也给我留下了关于文化交流的宝贵记忆。八月份的一天，带我的记者前辈说要去采访外国人，我本以为是一个外国人，没想到是一群外国人。上海合作组织成员国的驻华使节代表团来到洛阳访问，要体验洛阳的牡丹瓷文化，因此洛阳市电视台的记者要前去拍摄和采访。到了现场，老师指定我多拍摄特写镜头。我用长焦拍摄精美牡丹瓷的特写与匠人的制作手艺，看着一个个外国人在参观时屡屡惊叹，又在制瓷老师的帮助下一点点拼凑牡丹花，我突然感受到文化所具有的跨越国界的独特魅力。这也更让我坚信，媒体人要做好文化的记录与传播。

大三上学期，我选修了学院的课程“纪录片理论与实践”，结课考核要交一部纪录片。我们小组与老师多番商讨选题，最终还是决定拍非遗文化。小组团队联系到济南市蛋雕和刻瓷两项非遗技艺的传承人单孟渤老先生，在了解其日程安排后约好时间，到他的家中和课堂上进行了多次拍摄和采访。经过将近一个月的时间，我们利用课余时间完成了整部片子的拍摄。

单老带的刻瓷班在山东省老年大学，班里的学生均为退休老人且多数是零基础，但在三年日复一日的钻研学习下，每一位同学的作品都足以让我这个记录者惊叹。尽管早已过了上学的年纪，但他们依然拿出认真的态度学习这门技艺。他们中有的人在厚厚的本上写下了密密麻麻的笔记，有的人则用放大到极限的手机相机拍摄老师雕刻的每一处细节。单老师以最高热情教授着他们，他们也以最佳状态予以回应。

刻瓷是一项细致活儿，完成一件刻瓷作品往往需要一到两周的时间，要用雕刻机的不同磨头一点点勾勒线条，再反复打磨以凸显明暗变化，使刻画对象生动立体。在采访中，有一位学员透露自己颈椎有问题，而刻瓷一坐就是许久，因此家里人并不支持，但他还是扛住压力坚持了下来。正是在这样的努力下，他们收获了精湛的技艺。

纪录片片尾的解说词，我这样写道：“在技艺面前，没有身份之别、没有尊卑之分，每个传承者都是一盏灯，散发着不同的光亮，学得愈多，钻得愈透，光便愈亮。他们彼此分享着光，又点燃更多的灯，汇成光海长明，生生不息。”我想，这就是传承。

我用镜头和文字记录下一点一滴，记录下这些传承者的故事、这些“守艺人”的故事，记录下这两项刀尖上的艺术。我们的作品获得了老师的赞赏，而这段影像也将永远留存，若有朝一日有合适的机会和平台，它或许能够让更多人领略非遗文化之美，感知“守艺人”的艰辛。

当代青年凝聚传承新力量

传承中华文化并非仅仅局限于非遗技艺，也不局限于媒体人和“守艺人”，每个普通人都是传承者与交流者。习近平总书记在 2013 年 6 月举行的文化传承座谈会上提出：“要把文化自信融入全民族的精神气质与文化品格中，养成昂扬向上的风貌和理性平和的心态。”文化对人的影响是潜移默化的，文化传承与交流并非一个人的事，也不是一群人的事，而是每个中国人都应该做的事。

方言、节日、服饰、美食均是中华文化的具象凝结，一代代传承方有今日绚烂多彩的中华文化。而今，许多人不再过传统节日，或是敷衍了事，端午节买个粽子就好，新年贴上对联与福字就行，元宵节吃了元宵就可以。在这个快节奏的时代，人们将生活中的仪式一点点简化。在我们县，元宵节有“走百病”的习俗，人们要提着灯笼上街走一走，多过桥，寓意消除百病。大二那年，因有幸抢到了节后的车票，我得以在家过了元宵节。我带着两个侄子提着灯笼上街，却不见儿时的热闹景象，空余诸多行人以奇怪的目光审视着我们。已经上小学的大侄子问我："为什么别人都没有提灯笼，我们要这样？"我说："因为我们在传承文化，这是好事。"我不知道我能做多少，但我知道至少我的两个侄子记住了元宵节有这项传统，他们经历过，这项习俗便又多了传承下去的可能。

近几年，年轻一代传承文化的意识越来越强，国潮日益汹涌。河南卫视的文艺晚会以历史为基点创造了一场场视觉盛宴。洛阳、西安等古城也掀起了一波汉服热，诸多服饰品牌都在加入更多传统文化元素，这都体现着当代年轻人对传统文化日益升腾的自信。大运会、亚运会，在一场场运动盛会中，更多的外国人也在中国的街头巷尾感受到了普通人传递的中国文化。

星星之火已经燃起，燎原之势指日可待。

编者寄语

从小时候在家乡感受独特的端午习俗，到上大学时拍摄有关刻瓷的"非遗"文化纪录片，作者对文化传承的体认有情感投入、有实践参与、有身体力行的弘扬。从环环相扣的链条中，我们可以清晰地看到青年人是如何与传统文化相遇、相识、相互赋能的。

文 化

——心中的风筝

/ 张馨语

一根风筝线，串上骨架，覆上蒙面，一只风筝就做成了，这是我制作风筝的初体验。

我出生于鸢都潍坊，这里是世界风筝的发源地。而放风筝似乎是生长在这片土地上的人们放松自我、愉悦身心的最喜欢的方式。“青草地，放风筝，汝前行，吾后行。”清明节前后，潍坊几乎家家放风筝、打秋千、踏青……

外婆是村子里制作风筝的一把好手，四邻八村的人都喜欢找她定制风筝。无论是大人还是小孩，他们的要求外婆都会毫不马虎、力求不打折扣地完成。而一些在我看来有些“不合实际”的风筝设想，她不会一口否定，不会说“现实中不可能存在这样的东西”。相反，外婆很喜欢孩子们天马行空的想象。她说，每个人的心里都有自己的风筝。

为了制作出独属于定制者的风筝，外婆戴上她擦得锃亮的老花镜，一笔一画地细描着风筝绘面的线条，并用各式长短、粗细不一的笔刷细致上色。一人、几笔、数墨，就这样，一只又一只神态各异、栩栩如生的风筝从外婆手中飞出。她看到孩子们的风筝飞不上天空，还会主动地为其调整风筝牵线的角度。这些风筝飞到村子里的草垛上，飞到游着几条小鱼的池塘里，飞到冒着炊烟的屋顶上，最终又飞向村子外的天空。

十几载春秋忽已过，外婆走了，我也不再是小孩子了，风筝在村子里也越来越少见。村子里的大人，来了又走。村子里的小孩，也都渐渐长大，在父辈的托举中，在父辈的牵线调整中，像那曾经被放飞的风筝一样，飞向了不同却又更为广阔的天地。

18 岁的我问自己：每个人的心里都有自己的风筝，那我心中的风筝是什么样的呢？

在找寻答案的过程中，我逐渐成长。

我想，它应是无畏风雨和挑战的。尽管在大学的第一年学习了许多跨文化交际与中文教学的理论知识，也曾在现实生活中与其他文化背景的人进行交流，但实际的教学实操我参与得并不多。在接到试讲磨课的任务时，我对自己充满了不自信。那时的我问自己：我真的可以吗？幸好，在老师和同伴的鼓励下，我坚持了下来。从课堂语言的使用，语法内容的取舍，文化教具的设计，再到每一个练习、每一个例句、每一个词汇、每一张图片的选择，我都尽可能地以合适、有趣、易理解的方式加以呈现。在不断查阅资料、与老师和同伴的讨论中，我最终明晰了思路，让我设计的教学内容适合初级汉语学习者。我永远都无法忘记为此讨论的每一个夜晚，也无法忘记讲课过后得到老师和同学肯定时的快乐，更无法忘记收到一位泰国学生写的鼓励小卡片时的激动。在接续的解决问题、完成挑战的过程中，我变得更加勇敢，也真正体会到了作为一名教育者的获得感与成就感。

人们心中的“风筝”是什么样的？我想，它应是包容各色的。2021 年暑假，我有幸参与了学院的 MEP 项目，面向英国芬南园学校、伊芙琳·格雷斯学院、佩特文法学校、斯坦顿伯里国际学校开展“熊猫与动物园”“运动与现代生活”“中国校园生活”等教学主题的微课拍摄，并举办了“中英线上音乐会”。来自不同国家、拥有不同文化背景、说着不同语言的人们齐聚一堂，共同参与 MEP 项目。而这个项目的顺利推行也离不开“兼收并蓄，平等交流”的跨文化交际态度，并体现在微观教学实践的方方面面。例如，在 MEP 山东大学分营中，无论是表演节目还是参加会议，我们都要着装得体，这既是尊重自己，也是尊重来自其他文化环境里的他人。又如，在音乐会表演曲目与表演形式的选择方面，我们往往倾向于中西合璧、兼具东西方文化韵味的方式。因此，《茉莉花》与“Five Hundred Miles”的曲调在报告厅中奏响，小提琴与古筝的乐音也为这场音乐会增添了更多中西交融的乐曲韵味。

人们心中的“风筝”是什么样的？我想，它应是共情万物的。在体验笄礼之前，我从来没有思考过这三个问题：我们为什么要过各种各样的节日？节日的礼俗文化是需要学习的吗？我们是否在潜移默化中受到了节日礼俗的影响？带着这三个疑问，我参与了笄礼的仪式。作为礼俗的核心要素，“情感”是构成个体完整性的重要组成部分。我们之所以要过各种各样的节日，是因为我们的情感需要抒发，我们的情感需要得到满足。而节日的礼俗文化能让我们在潜移默化中或是接受某种情感，或是输出某种情感。在一声声祝颂、一句句祝福中，笄礼为我们提供了一个安全、自由、充满人情味的心理环境，让我们没有被割裂成知识、行为、情感等不同的部分，始终以一个完整的人的姿态进行学习。我们在笄礼中学到的不仅仅是与各种节日有关的习俗（知识），也不仅仅只是养成某些习惯（行为），最重要的是实现了自我成长的情感需要。通过参与各种仪式，一个人对相关的文化符号进行了复现与生成，从而达到了个体与群体的情感共鸣。在这种群体共鸣、情感交互中，我们最终成为具有高度适应性和内在自由性的人。“情”对于中国人而言，确实是贯穿了其生活的方方面面。

人们心中的“风筝”是什么样的？我想，它应是适应性极强的。得益于学院为青年学子提供的成长平台，四年大学生活中，我参与了两次海外交流项目。在联合国 GYLA 项目中，我与国内不同高校的学生就可持续发展新商务模式、全球冲突管理和危机公关、国际职业发展路径等议题展开了讨论。一开始，我对这些主题的学习并没有多大兴趣，认为这些议题与本专业关系不大，并没有什么学习的必要。然而，在与不同专业背景、不同成长阶段的同龄人进行交流的过程中，我逐渐意识到了新时代的国际中文教师一定是“通而全”且与国际接轨的。一味地局限于旧有的圈子里，不仅会错失“开眼看世界”的机会，也难以与不同文化背景的人进行更深层次的交流。因而在之后的“智慧医疗数据平台建设”

企划中，我积极参与，并将医学汉语的发展与之结合，受到了专家评委高度赞扬。在牛津大学交流项目（文学—语言—数字传播学方向）中，我对数字时代的自我呈现、女性主义史与身体史、语言方言与变体等学科前沿热门议题进行了纵深学习。一篇篇论文的撰写、一次次小组作业的合作，使我逐步适应了西方大学授课的方式，也熟悉了数字文化、现代学术和跨学科研究的主要趋势，锻炼了自己运用不同理论方法对文学文本进行批判性分析的能力。参与这两次海外交流项目不仅提升了我的语言沟通与表达能力，还让我意识到了解国际动态、关注全球重大问题、积极对外人文交流、主动适应世界公民身份的重要性。只有将自己的专业成长、职业发展与国际发展变化相结合，我们才能在日新月异的变化中不断提升自身国际传播的能力，成为具有创造力和创新潜力、国际公民意识和社会责任意识的优秀人才。

四年时光转瞬即逝。初入大学校园时懵懂的眼神，已在一次又一次的锤炼中逐渐变得坚定。初次讲课时自我怀疑的心态，已在一次又一次的实践中逐渐消解。初次参与中外语言文化交流项目时紧张的内心，也已在一次又一次的交流中变得更加平和稳定。就这样，文化就像一根风筝线，连同人的各色经历交织成骨架，用我之言、用你之心为之覆面着色，绘制成一只又一只和而不同的风筝，在大空中飞舞，演绎出个体、群体与民族生命的脉络，构成了不同的文脉。它不仅是人们区分彼此的重要标志，更是居于此的人们在精神上共同的根与魂。

人们心中的“风筝”是什么样的？我想，21 岁的我可以这样回答：它应是无畏风雨的，应是包容各色的，应是共情万物的，应是适应性极强的，应像这片土地上的人一样，默默托举，推动着自己也推动着他人在不同的天空中熠熠生辉。

编者寄语

“人们心中的‘风筝’是什么样的？”作者在文章中一次次地追问，这种追问的本身就是充满意义的。正是在这种追问之下，作者从儿时观看外婆尽心尽力地为家乡人制作他们心中的风筝，到自己参与一次次的中外文化交流项目，在不断的学习和实践中体认着文化传承与文明交流互鉴的重要意义。“人们心中的‘风筝’是什么样的？”作者最后的体悟是，它“应是无畏风雨的，应是包容各色的，应是共情万物的，应是适应性极强的，应像这片土地上的人一样，默默托举，推动着自己也推动着他人在不同的天空中熠熠生辉”。这段文字写得真挚、深情且轻灵，就像放飞在天空中的美丽风筝一样，让人注目的同时还能产生辽阔的想象。

文化交融，薪火相传

/ 管御辰

在历史的长河中，文化如同一颗颗璀璨的明珠，串联起一个民族的记忆与情感。五千年的华夏文明，孕育出了无数独特的文化瑰宝，它们既是中华民族的精神象征，也是我们共同的文化遗产。

几年前，你要问我："文化传承，咱应该传承点儿啥文化啊？"我可能会毫不犹豫地说："这还不好说！中华民族上下五千年的历史，泱泱大国孕育出不计其数的文化瑰宝。想到中国文化，便会想到汉服的华美和典雅，如唐代的宽袖袍、宋代的对襟衫等；想到古琴的悠扬和深邃，如《广陵散》《阳关三叠》等名曲；想到春节、中秋节等传统佳节；想到《论语》《道德经》等博大精深的文化典籍……"想着想着，思绪拉远。这数不清的文化啊，该怎样去传承呢？

文化是一个民族的灵魂，它不仅需要传承，更需要创新。我记得上高中那会儿，汉服开始流行。一位朋友跟我说："这汉服真好看啊，我买一套，咱得文化自信，多多传承咱这优秀文化。”我当时对汉服还一知半解的，问：“好啊，那你想买啥形制的？”“啥形制？啥叫形制？我觉得这个就挺好看的，你看怎么样……”手机里，各式各样的汉服让人眼花缭乱，我们也仿佛在身体力行地传承文化，但总感觉缺少了点什么。当时的我想不明白，说不清也道不明。很多次，我一遍又一遍地问自己，传承文化就是重新穿上传统的服装吗？这样就可以了吗？

抛开思虑，我想，行动起来总归是好的。于是，我回家也跟我母亲说想买一套汉服穿穿，现在“流行”传统文化。母亲说过年买一套穿，正好给缺少年味儿的春节增加些年味儿。我心想：穿汉服就有年味儿了？又忍不住好奇母亲的这个年味儿具体指什么。她也说不上来，只感觉之前过年包饺子、放鞭炮、串门拜年现在也一样不落，但总觉得还是少了什么东西。我父亲给出的解释是“过洋节过的”。他说：“天天过啥圣诞节、万圣节，你不懂洋人为啥过这个节就去凑热闹。中国人就该过咱们中国人的节日。”不一会儿，他又看着手机里的短视频说：“你们快看这个，老外在中国体验过春节，吃咱的饺子。这多好，得过中国节，吃中国饭！那外国干巴巴的披萨饼、沙拉没点油水，有啥可吃的？”

在传承传统文化的倡议下，人们一边浅尝辄止地探寻传统物质文化，比如汉服；一边过着总感觉缺少了点什么的传统节日。他们或许热衷于穿着华丽的汉服，却忽略了其中所蕴含的深厚历史和文化内涵。这种表面上追逐传统文化的行为，似乎只是对时尚潮流的追随，缺乏对传统文化的真正理解和尊重。

人们也过着传统的节日，却总是感到内心空虚和失落。他们庆祝春节、元宵节、中秋节，却无法真正体会到其中的热闹和喜庆。他们可能仍然包饺子、放鞭炮、串门拜年，但总觉得缺少了某种东西，一种让他们产生心灵共鸣的东西。

这种困惑可能源于现代社会的快节奏和文化多元化的冲击。人们被各种西方节日和潮流吸引，渐渐疏远了自己传统的文化根基。他们渴望一种能够填补内心空缺的东西，但又不知道该如何找到。

可能正是在这种困惑的推动下，可能是命运使然，我考入了山东大学国际教育学院。我仿佛拿到了通向多元世界的钥匙，走进了那个我曾觉得十分神秘的花园，里面的世界丰富多彩。我像个天真的孩子似的，一路不断好奇探索，渐渐地找到了我想要的答案。专业的理论让我走进文化的深层世界，多元文化的碰撞解答了我许久以来的困惑。我也开始明白，传统文化不仅仅是一种表面的形式，更是一种精神的滋养和内心的寄托。只有真正理解和尊重传统文化，才能在其中找到心灵的归属感和满足感。

文化可以是远的，也可以是近的。专业课上老师提问中国文化有哪些的时候，回答“汉服”“中医”“功夫”的声音此起彼伏。老师却温柔而坚定地笑了笑说：“你们觉得中国人打招呼时问‘吃了吗’算不算一种文化？”那一刹那，我们仿佛向前冲刺的运动员，发现原来原地就是终点。这个问题简单却有力，将我们从厚重古老的历史中瞬间拉回现代日常。从那时起，我开始思考，原来身边的点滴细节也是文化的体现。问候语“吃了吗？”不仅仅是一种礼貌和关心，更是一种传统文化的延续和传承。它代表着中国人对饮食的重视和对人际关系的关注，是我们日常生活中不可或缺的一部分。这个简单的问候语，让我重新审视了文化的定义和内涵。文化不仅仅是那些遥远的历史和传统，更是与我们息息相关的日常琐事。

文化可以是浅的，也可以是深的。在学习设计文化教学课时，我才发现我们可以通过不同的层次来探讨春节文化。从浅层的文化意义入手，包饺子象征着团圆和美满，而放鞭炮则是为了驱赶年兽，迎接新年的到来。如果进一步挖掘春节文化的内涵，便会发现其中蕴含着更深层次的精神内核。比如，团圆饭中的一道鱼就可以追溯到古人“鱼传尺素”所寄托的情感，这道鱼所代表的情感和寓意，让人们在品尝美食的同时，也能感受到传统文化的魅力和力量。

同理，每逢佳节，我们总感到缺少了一些东西。这种感觉可能源于我们对隐藏于浅层行为文化背后精神内核的共情缺失。我们延续传统习俗不能仅仅停留在麻木重复地放鞭炮、吃饺子、做月饼等表面形式上，更应该去理解为何要做这些事情。因此，我们应该努力将浅层的文化意义与深层的精神内核相结合，让节日文化在我们的生活中焕发出更加璀璨的光芒。

文化可以是相同的，也可以是不同的。这深深浅浅的文化不仅需要我们去理解和传承，也需要走出去，被世界看到。而这文化的交流碰撞也不应只是我们的自我欣赏与展示。我总是想向外国友人展示独属于我们中国的文化，却不曾想这份“独特”可能会拉大我们与世界的距离，也不曾想，其实“共有”也可以是让文化走出去的一种方式。有一次，我给希腊学生讲中国的传统美食——饺子。我以这是中国独有美食的姿态去讲饺子的做法、饺子对于中国人的意义。我想学生肯定会对这没有接触过的东西感兴趣，但学生的反应并不如我所期望的那样。直到课后学生向我展示了希腊饺子的图片，我才明白我只看到了“我”，没有顾及“我们”。跨文化交流可以是“我有，你没有”的新鲜，但也可以是“我们都有”的亲近。“和而不同，美美与共。”只看到不同，就容易成为站在对立面的敌人，而看到相同，我们就可以成为各有千秋的朋友。我们要敞开胸怀，接纳世界各地的优秀文化。这样，我们才能真正实现文化的传承和发展。

中国历史长河滔滔不绝，携带着数不尽的文化宝藏。深入学习了汉语国际教育专业，我才渐渐明白，传承文化不仅仅要将一块块宝藏拿起来抛光、擦亮，放进博物馆的玻璃柜里展示，更应该做的是常去看看美丽“宝石”背后的故事。中国文化源远流长，博大精深，无论是中医还是中式园林，我们都能从中发现天人合一的美感；无论是包饺子还是赏明月，我们都能从中体悟到中国人重人伦的情感。这些是我们中国文化的精神内核，也是我们应该传承的文化内涵。

我们要更加重视传统文化的传承和发展。通过学习和了解中国传统文化，我们可以更好地认识自己的文化根源，增强文化自信，同时也可以借鉴其中的智慧和经验。我们应该积极参与传统文化的保护和传承工作，让宝贵的文化遗产得以延续发展。

在全球化的背景下，文化交流变得越来越频繁。我们作为当代青年大学生，更应该把握这一机遇，积极参与国际文化交流活动，让世界了解中国的文化魅力。例如，我们可以组织中国传统文化展览、演出等活动，邀请外国友人参观、体验；我们还可以通过网络平台，如抖音、微博等，分享关于中国文化的短视频、图片等内容，让更多的人了解和喜爱中国文化。

希望我们在面对文化这一问题时，能不再只是追求遥远的历史和文化符号，而是更加注重身边的细节和日常体验，学会用心去感受生活中的文化元素，用实际行动去传承和弘扬中华文化的精髓。只有这样，我们才能更加深入地理解和体验文化的魅力，也才能更加自豪地承载中华民族的文化基因。做好中国人，弘扬中华魂！

编者寄语

“跨文化交流可以是‘我有，你没有’的新鲜，但也可以是‘我们都有’的亲近。”“只看到不同，就容易成为站在对立面的敌人，而看到相同，我们就可以成为各有千秋的朋友。我们要敞开胸怀，接纳世界各地的优秀文化。这样，我们才能真正实现文化的传承和发展。”作为当代大学生，作者认识到文化是日用而不知的生活方式，具有探究民族文化内涵的好奇心和行动力。她热爱跨文化交流并躬身实践，具有尊重、平等、客观、包容的跨文化心理，具有积极与世界对话的意识，而这正是一个生长在全球化背景下的青年应有的视野和素养。

文化坐标

——个体、民族与世界

/ 沙英肖

什么是“文化”？是观乎人文，以化成天下，还是物质文明与精神文明的总和？人们莫衷一是。

在时间与空间围成的坐标系中，文化的可能一直在延伸，那些代表着人类活动的密密麻麻的点与线段，分别属于某个人或某个群体，它们重叠、交叉，在历史的更迭中相互覆盖，渐渐难以辨认。但人们总是循着自己这条轨迹向四周伸展，寻找交点，回望原点，不知不觉中已经走了好长的路。

在第一次意识到“文化”概念之前，我也许已经和它相伴了十几年。一个不算太富裕也不算太贫穷的村庄，用它的土地与空气养育了我。我的童年在那里。在麦苗刚刚探头，初春的土地一半裸露一半嫩绿的时候，鲜艳的风筝偶尔飘荡，限于四周围绕的电线，它们总是飞不太高。当期末考马上来到，北方的杨树叶子遮天蔽日，绿得油亮，远方飘来麦子的香气，接着一片片的金黄出现在马路上。在地上钉一根长钉子，玉米的外皮被划过一道会更好剥离，总会有细长蠕动的虫子，藏在茂密的玉米须里。慢慢地，园子里只剩几株蔫头耷脑的大白菜，把糠、各种枯叶和茎塞进火炕里，能维持一个晚上的温暖。闭上眼，冬天大北房里飘出的一股烟，以及弥漫在整个村子上空植物燃烧的味道，像一根绳索，时常牵我回去；跑到粮食堆顶上去躺着读书，有时天空的光太耀眼，我索性睡觉，身下是时间和汗水孕育出的果实，同时也是生命的原料、生活的资本。

这样的土地、植物、作物奉献出一群人，在村口小理发店内热火朝天地聊着东家长西家短，讲述他们半生经验中最拿手的几个故事。他们围坐在村头广场上，摇着蒲扇，也并不看电影，只对着漫天星空搭话，说着谁家的孩子考上了大学，“有出息喽，以后你享福啦！”孩子们奔跑在午后的宁静中，用毫不避讳的大笑、汗水、勾肩搭背许下一整个夏天的承诺，在嗔怪的叫喊声中伴着夕阳回去，并不忘扭头嘱咐明日的约定。人们慢慢长大、老去、沉入地下，也并不探究养育他们的文化是什么。但有些人的脚步踏出了那里，再审视这赖以生存的世界，发现了它的富饶、朴素、勤劳、踏实，也有封闭、落后、犹疑和循规蹈矩。这些痕迹，刀刻斧凿，贯穿人们精神世界的每一条血管，同样附着在文化支流的每一滴里。

后来，由村庄走向外面的脚印越来越多，里面也有我的。站在大学南门外，半封闭的校园遮不住层层的绿，相比于家乡，这里的世界更有规则、更加丰富。因为家里老人看病，我的第一次开学带有“全家出动”的声势。结束了好长时间的“巡游”，一家人终于决定出去吃个午饭。南门外的街对面不是很宽敞，一行人正踢踢踏踏地走着，忽然听见叔叔惊讶的声音：“呀，前面有外国人，你们快看！”他边说边向我们回头示意。还没来得及提醒他小点声，让人家听见不礼貌，他就已经跑到前面，拉着外国朋友开始照相，动作因为过于热情而显得有些怪异。同行的外国朋友有两人，其中一个明显不耐烦，径直往前走；而另一位，似乎已经司空见惯，仍然维持着友好的微笑，拍完照还握了个手。我扭过头去，不想看见这样的情景，心里满是尴尬与羞赧。尤其是那个不理不睬的动作，深深刺伤了我当时可怜的自尊。为什么我会觉得刺痛？也许是那样的不得体使“没见过世面”的标签更加确切了，也许是我对自己家人的不礼貌感到羞耻，总之，那样的情绪弥漫了很久。

幸运的是，我所学汉语国际教育专业附有的多元文化属性帮助我很快就找到了解决问题的钥匙。第一次新生见面会，中外本科生分成小组互相介绍、交流家乡文化。我向其中一个来自喀麦隆的朋友提出了问题：你们最不喜欢什么称呼？他给出了令我惊讶的答案：最不喜欢“外国人”的称呼。“外国人”三个字他说得很重。我突然明白，开学事件中我的不适感不仅来源于“拍照”，更来自“是外国人，所以拍照”。换言之，过度强调差异的行为并不会表现出更多的友好。后来，我做过汉语大舞台的助教，帮助汉语班的同学们修改剧本、租衣服、完成排练；为中外文化交流晚会准备节目时，我和泰国、尼日利亚的朋友一起去录音棚录歌，一起在烧烤店聚餐；在社会实践与创新课上，我和两位东南亚的小伙伴一起做策划，逐家逐户发问卷、做访谈。我大学生活的很多时刻都有其他国家伙伴的参与，他们肤色、性格各异，也许从遥远的地球另一端来到中国的土地上，携带新鲜多样的文化因子，将大大小小的文化交流铺散开来。

如今，我已不会再为开学时家人的行为感到脸红，我懂得、理解了多元文化，也对那些不能理解的行为感到释然。文化接触可以为打破偏见、尊重多样提供可能，同时，它也为培养平和、泰然、一视同仁的文化态度提供了机会。它是一座并不高耸的山，有人很早翻越过去，见到了不同的风景；有人暂时还没有走出去的打算，或者说还没有意识到可以走出去。但无论如何，上山的路一直都在。

文化的探索有时向外，有时向内。大学期间，我曾参与过一次去乡村学校进行“文化普及教学”的社会实践活动，团队的课程安排有扎染一项。见到眼花缭乱的染料，听着从未了解过的事物，学生们眼中的期待、好奇无法掩饰，互动的积极性更使我们喜出望外，课堂也渐入佳境。结束授课，一件件还不成熟的作品挂满教室的墙壁，就像我们初次在课堂上接触扎染那样。有几个孩子走过来怯生生地问：“我能再拿几个那个东西吗？”他们指的是我们发放的小奖品。这样的书签、小印章在村子里也许很难买到，于是我们把剩下的礼物都送给了这些孩子。活动结束，面对着空荡荡的教室，我既有完成任务的欣慰，还有一丝无法抑制的心酸。在很多孩子的眼睛里，我好像看到了曾经的自己，如果当初有这样一群人来到我家乡的小镇，会是怎样的情形？

尽管与外面的大都市相比，这里的教学条件稍显落后，但这个村子的文化底蕴却十分深厚。校长带我们参观了活动室，里面摆了四面墙的木雕，他一边热情地介绍，一边又显得有些不好意思。那些作品部分出自他之手，因为他自己喜欢传统工艺，所以特别重视学校的文化教学活动，这也是他欢迎我们来这儿进行社会实践的原因。村内村外两个世界，有时只是相隔了几十、几百公里，高铁一小时能跨越的距离，却高耸着一道看不见的墙。网络或许能输送碎片化的信息，却无法带来深刻的接触，不同的地域、群体总是以一两个关键词概括对方，印象仍然太过模糊单薄。一次偶然的交流是一次打破，但其他地方呢？是否都有人敲门？以后呢？是否总有人来访？

跨文化的丰富世界吸引着大批年轻人去探索，可是，就在我们身边，还有许许多多的角落没有被发现和照亮。中国很大，所以要架桥修路，通车通船；文化有壁垒，所以更要敢于打破，互鉴共进。当不同文化之间的距离日渐缩小，甚至互相渗透与浸染，更要挖掘、紧握自身的文化特质，将根深深扎在这片五千年的沃土之中。以自身为锚，校准方向，由此才能抬头向前，环顾世界。

至此，我用二十多年的所见所感描绘出了个体的文化坐标，它们并不令人感到惊奇和怪诞，或许稀松平常。但在行走的路途中，很多站点都曾被另外的人或群体点亮、联结，共同构成一个密不可分的文化网络。如果再将这个网络进行微缩，你就能清楚地看到一个民族、一个国家，甚至是整个世界的文化坐标。它们将每个人的轨迹纳入，使其更加庞大、复杂与多彩。而穿梭其中，使其成为整体的，恰恰是文化认知、文化传承与文化交流，也就是向自身、向民族、向世界的文化探索。

所以，人类的文化版图上，星星之火的光芒正在连成一片。

编者寄语

“生活中不是缺少美，而是缺少发现美的眼睛。”同样，跨文化交流也一直渗透于社会生活的诸多角落，只是很多人缺少解读文化的视角和跨文化交流的能力。作者运用所学专业跨文化交流的视角，审视自己的成长之路和参与的实践活动，于娓娓道来之中，就把一个当代学子对多元文化的理解和跨文化交流的重要性讲述了出来——用自己的亲身经历、以细节呈现的方式，生动地讲述了出来。而这种人与文化的亲切互动，恰恰是文化传承中极为动人的一幕——青年人因为拥有了文化而有了更坚定的目光，文化因为赋能了青年人的成长而拥有了时代的体温。

想象之中

——文化的记忆与重塑

/ 冯迎霜

人希见生象也，而得死象之骨，案其图以想其生也，故诸人之所以意想者皆谓之“象”也。

——《韩非子·解老》

历史上，大象曾出没于中国的很多地区，人们从多处考古遗址中发现了象骨，甲骨文和青铜器中也留下了不少大象的印记。北到黄河流域，西到成都平原，都曾有象群的足迹，然而自西周开始，象群逐渐向南迁徙，如今，中国境内的野生大象主要分布在云南省。古人因为象群的远去产生了想念，这才创造出了“想象”这个词。对于“文化”一词，我也总怀着古人想念一头大象的浪漫情愫。

如果将记忆往前追溯，我的“文化”启蒙来自小时候看顾我的祖父母。祖母以前是小学教师，县城老师少，语文、数学、音乐、美术她多多少少都教过。祖母的心里藏着数不清的故事和童谣，记忆中的她总是边带我边教我唱：“三岁的小孩穿花鞋，扭扭搭搭去上学，老师嫌我年纪小，背着书包往家跑，跑跑跑不了，了了了不起，起起起不来，来来来上学，学学学文化……”学文化，学文化，那应该是我人生中第一次接触到“文化”这个陌生的词汇，我完全不知道是什么意思。就像先民吟唱诗经一样，文化伴随着韵律、节奏，珠玉落银盘似的砸进了我心里。再往后，浮现在脑海中的记忆就是祖父休息时骑着自行车带我出去玩。他总是把车停在一块空地后，卸下宝宝椅上的我，卸下他的水杯和我的小水壶，铺一张旧报纸在长着杂草的石阶上坐下。那里有用竖条纹的石头垒起来的石阶，最高一层的石阶上围着厚厚的铁丝网，网的那边是常走货运的火车轨道，轨道下面枕满了碎石头。货车走得很慢，碰巧赶上了就“况且况且况且况且”个不停。祖父总是用暖烘烘的手掌捂着我的小耳朵，说那声音太磨耳朵。然后在安静的时刻教我念“去年今日此门中，人面桃花相映红”之类的句子，我仍旧是不懂的，可模模糊糊觉得自己好像是在“学文化”。关于文化的记忆像是一口井，只要深挖，总有活水涌动。

我幼年时与祖父母生活了很长时间，长大后身上不可避免地沾染了他们那种老派的浪漫。我喜欢那些很远很远的诗歌，也尝试着自己写一些很近很近的诗歌。我喜欢大片大片的绿颜色，喜欢看连绵的绿树叶，喜欢看地里长出来的所有绿色。因为我喜欢“荠麦青青”这个凄艳却亮眼的形容，不去联想整首诗歌，这四个字就让人爱怜。我会试着去写“在刚刚学会喝酒的年纪 / 孤寂

呜咽 / 放弃营救萤火虫和睡莲”来储存我的情窦初开。我带着那矫情的浪漫，骄傲且自负地想念古老中国流传下来的语言与文字的美好，但对于“文化”却始终有种“障目”之感。

毫不夸张地说，在进入大学之前，我对文化的认知存在着一些“民族中心主义”的态度。在进入大学学习之后，我慢慢对“文化”有了新的理解，那些老派而浪漫的青少年想象也被逐渐打破，并在新的感悟中被重新塑造了起来。在大学期间，因学院的活动我认识了 Y。Y 是一位来自埃及的女生，凭借着自己的聪明努力考入了开罗大学学习中文。在大学三年级，她又用漂亮的成绩获得了来中国交流学习的机会。她几乎是我见过的最努力的学生，总是打着十二分的精神去完成课内课外的一切事情。Y 曾对我说过，对很多中国邻近国家的留学生或者华裔学生来说，来中国学习不是一件特别困难的事情，但对她来讲，这次的机会却来之不易，因此她一定要比别人更加努力。她善于“贴”在中国的土地上去近距离地感知这个国家的文化。她曾与我们一起体验黑陶制作工艺，亲手制作黑陶器物，沉浸式参与中国的传统节日，包水饺、做月饼、制香囊、打香篆、泡功夫茶。最令我触动的是，她经历了重重选拔，被选入学校的寒假支教队，和中国学生一起去江西的一所希望小学开展短期支教，从事教学实践和志愿服务。她说：“在去之前，我担心孩子会不接受自己。但是在课堂上发现孩子们很友好，对待我像对待其他的老师一样，一点都没有距离感。”Y 说，这些真实的经历让她对当代中国有了更深刻的认识。在我看来，躬身实践、亲身体验，让 Y 同学更加深切地感受到当代中国社会的风貌和中国文化的方方面面，生成了更加丰盈的认识，也激发了她探究中国历史的兴趣。在交流的过程中，我也体会到了“他者”的视角，在跨文化的视角下去思考我所深爱的民族文化，感触颇多，我也逐渐意识到自己原本对文化的某些局限性的想象遮蔽掉了很多可贵的东西。

后来，我也开始像Y一样“身体力行”。在校期间，我参加了中华传统文化研究与体验基地的志愿服务活动，基地有一个2600平方米的大文化教室，这是学校专门建设的一个传统文化通识教育特色空间，在这里所有的学习都是沉浸体验式的，学生通过实践、实训、实验的方法学习传统文化。这里的相关课程是大家心中的“神仙课”，我在“拼手速”时“落败”了，没选上课的遗憾没能阻挡我参与的热情，用志愿服务的方式我也学会了很多心仪已久的技能——碑拓、茶道、敲编钟、打香篆等一系列传统文化技艺。虽做不到形神兼备，却也悦目怡心，感受到文化与情感的互动、与心灵的共鸣。记得在“诗情与茶味”课上，身旁的透明茶壶里，开水冒泡翻滚，茶叶的香气在空气里沉浮。壶里煮着三年的白牡丹和七年的寿眉，还加了经年的高山紫菊与陈皮，那沁人心脾的茶香伴随着同学们共同吟咏的“七碗茶歌”，刹那间仿佛定格了时空与美好。我们的课程很丰富，有动手参与的实操，也有仪式化的教学设计，还有沙龙对话类的活动，学校经常邀请非物质文化遗产专家和国家级的工艺大师、知名文史学者和当代作家走进课堂，与我们的老师一起以“双师教学模式”同堂授课，同学们既学习到了知识也能感受到老师们技艺的高超、人格的魅力和艺术的价值。每一次聆听、每一次做助教我都获益颇多，渐渐感受到传统文化修身养性的力量，也学会了用审慎的心态去面对以往的情绪性喜欢与热爱。参与文化志愿服务的时光总是无比快乐而充实的，协助老师们筹备教具也是参与教学设计，是课堂观摩和教学实践的一部分，与我的专业——汉语国际教育有很高的关联度，在身心愉悦和富于成就感的同时，也在一定程度上强化了我的专业认知。

印象最深刻的是大三那年，我很荣幸地成为女子成人礼——笄礼的“女一号”，这让我对中国传统礼仪文化、服饰文化有了进一步的了解，让我感知到文化超越时空的力量，中国的文化基因并不会在历史远去的时空中消逝，她在仪式中重返，让我对现代社会背景下的个人责任与社会担当有了进一步的思考。此情此景，历久弥新，拟态情境下的真实体验带来的学习效果是真切而深刻的。

我开始热衷于参加各种社会实践活动，在家乡的运河边上去追问风土人情和名胜古迹，在苏州、杭州博物馆的展品前探问传统服饰背后的那些耐人寻味的故事——这些不在我浪漫想象中的景观是真实而亲切的、博雅而通俗的，它们凝结在一起建构起我对文化的新知与记忆，那层横在我与传统之间的隔阂开始变得稀薄。

我开始慢慢领悟了一些关于“文化”的更深层次的内容，这个过程确实不是一蹴而就的，需要有一些历练，而新科技的出现与扩散，让我们在感知上有了穿越物理屏障和文化边界的可能。

在研究生学习期间，我在访谈调查中结识了一位来自美国的留学生S，他当时已经34岁，在美国取得哲学学士学位后因为热爱中国的文学艺术来到中国攻读硕士研究生学位。在交流中，我了解到他是受到网络世界里的中文信息和文化产品的影响而选择来到中国，从而进一步了解中国，具有中国元素的武侠小说、电影对他启迪颇深。随着时代的发展，海外民众想象中国的方法也愈发多元，带有浓厚中国传统文化色彩的武侠类文艺作品在海外接受的过程中爆发出巨大的能量，流传深广，逐渐演变为一种世界共同语言，给予海外读者构筑中国想象的巨大空间。随后网络科技的不断发展让这种想象的书写形成了新的传播张力。S在讲述他与中国武侠结缘的过程中不断提及武侠小说中侠客行侠仗义、快意恩仇的故事。他说："我觉得中国人的精神有一些和我们不太一样的很特殊的内容，很多中国人都有一个'侠客'梦想，所以你们才会欣赏这样的故事，写这样的故事。"在S回国之后，我们依然在网络空间中保持着联系，他也经常与我分享国外文艺作品中带有中国武侠情节的内容，这让我意识到自己也在网络空间中不断接触世界文化，见证文明交流互鉴的过程。文化的传播从来不是单行道，世界文学在中国现代文学发展中扮演着重要角色，中国文学艺术也给予西方现代文化启发的火花。我在更宽阔的语境中重新思考了文化艺术内核，从而达到了想象视野的融合与开拓。

如今，我在现实空间和网络空间两个维度中体验着我所能接触到的"文化"位移，对文化的想象也到达了一个新的境界。

来自不同国家的朋友带给我的经验让我不仅能够通过中国眼光看向世界，以往那种对中国文化的浪漫想象也已然发生了巨大转变——我有了更加广阔的世界性视野。

编者寄语

点点滴滴的生活细节，重塑了文化的新想象。看似不紧不慢的讲述中，作者巧妙地使用了“双线结构”：一条是自己的成长线，讲自己从孩童到青年学子的成长之路；一条是文化扩展线，讲自己对文化传承和文明交流互鉴的理解如何步步深入。真正的成长就是这样：人生不只是在时间坐标上的一路狂奔，还有在精神路径和文化疆域的一次次拓展。

另外，作者在文中所描述的与两名外国留学生的交往细节，鲜活生动，堪称文明交流互鉴的生动注解。

异乡光影，自我与文化追寻

/吴 爽

那是一个晴朗有风的天气，无数云彩轻轻睡在天空，我搭乘的车与大大小小的车一起行驶在公路上，一年的时间就这样从机场又走到机场。车窗隔绝一切，车内是属于每个人的小世界。就在我要出现惆怅情绪时，一个“wink”（眨眼）打破了我的窗，于是鲜活的、快乐的一切开始流淌。

那时，我正发着呆，从诺丁汉到伦敦希思罗机场，车程大约要3个小时。由于昨晚辗转反侧了一夜，今早又花时间彻底打扫了一下房间，下午3点出发的我已经困得不行。然而，我还是秉持着看一眼少一眼的原则，一直没将眼神从窗外移开，然后就看见了一位开着物流转运货车的大叔。他长着一头卷卷的、蓬松的头发，穿着黑色短袖T恤，像一块巧克力果冻一样在驾驶座上摇来摆去，好像是跟着音乐节拍舞动。也恰巧，我望向他的那一瞬间他侧头发现了我，当下就朝我眨了眨眼，停车等红绿灯的时候甚至落下车窗向我挥手，我当时就想：这太有意思了！

这太有意思了，教堂的穹顶，下午 3 点的彩色玻璃，地铁通道的吉他声，随处可见的草坪，超市进门处的花卉，市中心的灰鸽，圣诞节点亮的天使灯，2022 年跨年夜的烟火，峰区夫妻两人并肩徒步的背影，整装待发去露营的小队，在湖区水畔奔跑吐舌头的棕色小狗，和朋友的每一次相视而笑、每一次举杯、每一次拥抱……往事种种似画，我就随意翻看着，一下子就看到了出发那天以及更早的我。

我在南方小镇出生，一路顺着 104 省道蜿蜒走出大山。在上大学之前，我没坐过地铁，没坐过高铁，也没坐过飞机，去过最远的城市就是南京，那时我感觉自己就是浅浅的一潭，是雨水刚好落下。

高中时我曾做过一道英语完形填空，根据前后文的意思，在飞机上的主人公觉得光线太刺眼想要拉一下“窗帘”，所以我毫不犹豫地在“pull down the ________”的这一题选择了“curtains”选项，但却错了，那时我不理解。在老师让我们相互讨论时我询问了我的同桌，我听见她问我：“你坐过飞机吗？”

“我坐过。”

我明白她的询问完全是无恶意的，但当时年轻又骄傲的小孩，不愿让他人看见窘迫的自己，于是挣扎着，强撑着，最后面无表情但又双颊滚烫地作了回答，然后划去 curtains，写下 window shade（飞机遮光板）。

虽然不好意思，但我必须承认我记了这件事很多年，后来我被选为英国诺丁汉大学孔子学院的中文教师志愿者，要去英国履职。办完登机，拿到登机牌，在飞机播报“我们的飞机已经准备起飞，各位乘客请您系好安全带，调直座椅靠背，放下座椅扶手，收起小桌板及脚踏板，打开遮光板……”时，在亲手将“窗帘”推上去的那一刻，世界的亮光也照亮了我。当时我在想，小小的吴爽，你父母真了不起啊，你也真了不起，多谢你的坚持，感谢你的努力，我今天才能跨越边境，奔赴下一段旅程。而这段旅程中遇到的人、经历的事情，也无数次地治愈着我、鼓励着我，促使我思考，陪伴我成长。

以此心折射阳光

11 个小时的飞机，3 个小时的奔波，晚 6 点，我与另外两位志愿者终于到达了出发前预订好的当地民宿，但意外的是，平台给出的密码根本打不开门前的密码盒，联系平台客服和房东，根本无人回应，我们十分焦急，疑心自己是不是被人骗了，只能心里暗暗叹气：开篇就这样不顺利吗？

恰恰相反，我们遇到了一群超棒的人！

我们将面对的窘境反映给孔子学院外方经理后，她立马安慰我们说她会解决。同时我们的院长也立即表示她马上到达，让我们不要担心。

那时正是人们下班归家的时间，我们的邻居首先注意到了我们的情况，她是一位高挑清瘦、短发利落地扎在脑后、穿着运动套装的女士。她面露关切，询问道：“你好，我发现你们好像遇见了一些困难，有什么我能帮忙的吗？”

“我们在网上平台预订了这所房子，但是密码不正确，我们打不开这个……东西。”我边打开预订界面，边指向固定在公寓门窄墙边的小盒。我们三人眼巴巴地看着这位女士，期待她能够帮助我们，我又反复审查刚刚的一段“情景对话”有无语法错误，在心里呐喊：院长！经理！救命啊！

“好的，别担心，介意让我试一试吗？”因为身高的原因，她微微弯下腰，眼神专注地看向我们。

我们三个连忙同步摆手：“您请、您请，太感谢了！”

就在那位女士看完手机上的 PIN 码去尝试帮我们打开密码盒时，孔子学院外方经理驾车赶到了。

“她们都是第一次来英国，今天刚从中国坐了 11 个小时的飞机赶过来的，将来都是非常优秀的汉语教师，我是她们的院方经理，很感谢你无私的帮助。”

听经理说完我们的情况后，这位女士说，前几天还看见有人在这所房子居住，所以房子是没有问题的，但刚刚尝试了还是打不开，很抱歉自己没有能帮上忙，随后给我一个出乎意料但很轻柔的拥抱。

“我很抱歉，你们遇到这样的事情。”

见我们三个女生站在一堆行李箱旁，路过的人们担心我们遇到困难，便也都上前询问，聚在一起为我们想办法，随后我们的院长也到了，为我们找寻可以暂时安顿的住处。

那样一群不同性别、不同年龄、不同职业、不同肤色的人，牵着狗的人，拿着购物袋的人，拄着拐杖散步回家的人……这些与我们素不相识的人七嘴八舌地为我们出着主意。

“你们是用银行卡支付的吗？可以打电话先和银行说明，这样至少可以把钱追回。”

“你们是在哪个平台预订的呢？我可以帮你们打电话沟通。”

“附近有一家酒店，现在太冷了，你们别冻坏了，或许你们可以先预订一下那一家。”

就在大家讨论的时候，我看见那位女士若有所思地转身离去了。就在我们三人和院长、经理思考今晚该如何安排的时候，身后传来她的声音：

“太棒了！我有一个好消息！”她走近说，“我之前存了前一个租客的电话，刚刚找到了，打电话联系上了他们，并且拜托他们联系上了房东！原来是房东更改了密码，但是平台上没有及时更新，你们快去试试！”

我们赶紧记下新密码，随着“咔哒”一声，门打开了，大家一齐欢呼起来！

“谢天谢地！”

而后她又轻轻地拥抱了我们，说：“欢迎来到英国，希望你们享受这段时光。”

“我们会的，谢谢您。”我充满感激地说。

在此处租期结束的那天早上，我们特意等在门前，只想赠予这位好心女士我们的礼物——来自中国的礼物。这次，我们主动张开双臂，以拥抱感谢这次相遇，邻居女士轻轻贴了贴我们的脸，我们笑着，挥手同她告别，那同样是个温暖的晴天。

每次回忆这段经历，我总感到不同民族、不同国家的人其实都渴望一份安稳的、平淡的生活。总有那么一群人在修补世界，不计个人得失，不论个人生死。我总希望人类的苦痛少一点，再少一点。无论肤色，无论民族，人们都能和平相处，以此心折射阳光，永存人性光辉。

关于中国文化传播活动的思考

在如今万物互联的时代，我们谈起“传播”两字时的感觉是很奇妙的。在孔子学院，我们举办过很多次文化体验活动，品茶、剪纸、书法、绘画、制香囊，还有中国现代电影的观影活动、基于《三十六计》的辩论赛等，我们甚至和学生们一起打过麻将。那么，那些前来参与活动的人，他们到底是怎么看待中国文化的呢？

有一位学生，她叫阿曼达，已经学习到HSK4级，每次她来参加活动，都是穿着中国传统的马面裙，头戴发簪，耳戴中式耳环，全副武装，沉浸体验。与她聊天时，她不止一次说过：“我喜欢中国传统文化！”她认为中国的一切都很有意思。随着交流的深入，我知道她在看中国的网络小说《魔道祖师》，还与我磕同一对“CP”（网络流行词，现泛指人物配对的紧密关系）。不得不说，这种体验很奇妙。但我也在思考一个问题——中国特色文化与中国传统文化的关系。因为曾有人对我说：“为什么你们策划的活动都是传统的东西？一点儿新意都没有。”

为了回答这个问题，我特意去了解了一些孔子学院制订的文化活动方案，结果几乎都是以传统文化体验为主。我想，如果想让学生体验到具有中国特色的文化，就势必要回归文化根源，找寻其独特性，也就很容易桎梏于传统文化的范围内。当然，这不是课程缺乏现代性的借口。对于这一点，我认为可以借鉴在汉语授课时设计的主题讨论环节。在对高年级授课时，我们往往会在课上谈论当下中国的热门话题，如全职儿女、淄博烧烤、《原神》出海、中国人眼中的“白人饭”、《流浪地球》里的集体主义、社交表情包等，这些都是当下中国人生活和娱乐休闲的具体样态。但如何通过这些话题去挖掘其背后深层次的文化内涵，是需要我们一同努力、用心破解的课题。

另外，在与外国学生聊天的过程中，我也获取到了一些很有意思的信息。简而言之，他们觉得中国人是喜欢赋予世界万物以意义，建立人与万物相联系的文化群体。

“好像每次在介绍一个东西的时候，你们总会说‘在中国，人们赋予它什么什么意义’，对于我们来说，这是很抽象的体验。”

“你们喜欢追求意境，追求氛围，但是这与我实际生活中了解的中国人又存在着割裂感。你们让我们体验的文化很慢，但是我认识的中国人又都很忙碌。”

“我去过中国，你们的生活确实非常便捷，很有效率。嘿，你知道吗？他们有那种一小时就能送到的超市外卖服务！”

“要知道，效率的背后是人力的负担，你们是不是很辛苦？”

对于这些问题，你们会怎么回答呢？

学会“放下”，去享受这个世界

写到这里，我想提两部影视剧，一是英剧《万物既伟大又渺小》，改编自英国作家吉米·哈利创作的同名小说，第一季首播于2020年9月；一是2023年出品的中国电视剧《去有风的地方》。两者的题材都涉及乡村的治愈美景与细腻生活，且在各自的国家都获得了较高的评价。而作为一个中国人，以对比的视角观看这两部影视剧，我都能够感受到“透口气”的愉快，而这背后是人们的“田园情结”和对现实牢笼的逃离。

当我们打开社交媒体，“焦虑”“内卷”这些字眼无处不在，但我想说，这并不是中国特有的现象，两部影视剧的爆火或多或少反映了一些世界各地的共有问题。我们与其他国家的年轻人聊天，发现他们也和我们一样，都在不同程度地焦虑着，又在自我治愈着。任何一个时代，年轻人在成长过程中都容易被对成功的渴望绑架，只是当代年轻人的生活似乎容错率更低，而我们又觉得自己的生活有太多观众。

很长一段时间里，我对自己的状态并不满意。我曾看过一段采访，采访里一位女星说20岁 、30岁、40岁中，她最不喜欢的就是20岁的自己，因为她认为青春不只有年轻和美丽，伴随而来的还有大量的痛苦纠结、对于未来的迷茫以及情绪的不稳定。我仍记得自己初看时的认同。我想，在人生中，“成长、爱和死亡”是永恒的主题，但是对于那段时间的我来说，“成长”这个话题像是房间里的暖光灯，给你光明但却没有温度，是虚假的安慰。我清醒地明白，人需要向前走，一步一步计划着走向未来，所以我也就一步步地走着。但在我的心里，仿佛有一条条飞舞着的彩色丝带，上面写着：

你在想什么？

你在做什么？

你热爱什么？

一切来不及

一切来得及

……

那时我想自己是浅浅一潭，但当人生汇入溪流、走入河海，“我”又在逐渐消失，因为我只看到向前流动的方向，“安稳”的诱惑实在太大。

但在新的环境里，我又与自己重新对话。如果成长所伴随的阵痛注定发生，那就请享受无法回避的痛苦吧。有时候，我们恰恰是缺少一种“放下”的勇气，不是吗？

勇敢的人先享受世界。

当我第一次躺在草坪上晒太阳，去享受有限但由自己掌控的自由的时候，我明白我们不仅可以流向远方，也可以飘向天空，成为雾、成为雨、成为雪，去亲吻树叶、去丈量高峰。

人生只有自己是自己的观众，所以你可以尽情舞蹈，你可以尽情友好地向世界打招呼。还记得归途上的那一眨眼吗？我们需要的恰恰就是对生活的一眨眼：嘿，开心一点，这太有意思了！

走出机场的那一刻，我抬头望去：太阳在高歌，万物在生长，我与无数个我会继续去往有风的地方。

所以，我也呐喊：

再见，吴爽，

你好，吴爽！

其实，当开始提笔写下我的英国故事时，距离那段时光已有两个月之久了，一切印象犹如光点明明灭灭，回忆过程就像与无数个碎片的我不断变换位置，旋转共舞，就像发源于英国的乡村舞一样。亲爱的你，我以此文邀你入舞池，希望你喜欢。

编者寄语

作者在文章中讲述了她的英国故事，表达了她在海外教授中文、传播中国文化的一些可贵思考。文化追问之下，她还在人生观的层面讴歌了“放下”的勇气。所有的这些，都映射出了一代优秀青年的成长。

一代人有一代人的青春，每一代人的青春都要经历与世界的相撞、相拥、相融。在这个过程中，“看见”是非常重要的。于社会大众而言，能“看见”一代青年人的成长，就能对未来充满希望；于青年人而言，他们的成长被“看见”，他们的优秀被“看见”，甚至是他们内心的犹豫、迷茫和随之而来的追问被“看见”，都是极有价值的。因为“看见”本身就是一种发现，就是一次唤醒，就是一股力量。

我相信，借由这次文字表达，作者也更加清晰地梳理了自己的文化思考，同时还审视了自己走过的路。这何尝不是一种“自我观照”？通过写作实现“自我观照”，恰恰是“写作能让人遇见更好的自己”的一种表达 。

徜徉典籍，溯古追光

——学习中国古典文献学所见、所闻、所感

/ 林才伟

古籍是我们穿越千年与先贤对话的纽带，它寄藏着过去的时光，与文明脉搏的跳动紧紧相连。藏书家韦力先生说：“我们民族的文脉相传靠的是文字，而书是文字的载体，可以说我们今天所知道的一切都来自于书。”每一部典籍，都凝聚着前人的心血和智慧。中华民族历来重视典籍，人们世代守护、传承祖先不朽的智慧和无穷的力量，让精神的血脉延绵至今。后世对典籍的尊崇存在于经典的字里行间。因为唯有知道我们的生命缘起何处，我们方能知道脚步要迈向何方。习近平总书记曾言：“盛世修文，我们这个时代，国家繁荣、社会平安稳定，有传承民族文化的意愿和能力，要把这件大事办好。”作为研究中国古典文献学的学生，我们努力从“故纸堆”里捧出“金娃娃”，在古籍文献里寻光。

为古书“续命”

由于朝代更迭、战争、自然灾害等诸多原因，大量的古籍已流失或毁坏于浩浩汤汤的历史浪潮中。一册古籍蒙尘破损，历史便黯淡一角。杜泽逊老师常说：“医生救人的命，我们救书的命，是为古书‘续命’。”近年来，“加强文物古籍保护利用和非物质文化遗产保护传承”被写入政府工作报告，中共中央办公厅、国务院办公厅还印发了《关于推进新时代古籍工作的意见》，古籍修复和保护工作得到了更多的重视。古籍修复和保护工作是为古书“续命”的重要基础，但为古书“续命”绝不仅仅局限于此。如果花费大力气把一本书修好了，却没有一个人知道它、学习它、研究它，那总归是意义不大的。更为重要的，是要深入研究古书，挖掘古书背后的文化价值，真正做到如习近平总书记所言“深入挖掘古籍蕴含的哲学思想、人文精神、价值理念、道德规范，推动中华优秀传统文化创造性转化、创新性发展”。

在浩如烟海的历史典籍里，我最先关注、最感兴趣的就是被鲁迅先生评价为“史家之绝唱，无韵之离骚”的经典——《史记》。《史记》辗转流传两千余年，版本系统十分复杂，致使其校勘工作极为不易。曾负责晚清金陵书局校刊《史记》工作的张文虎曾说：“古书本难校，而莫难于《史记》。”当前学界最普遍使用的《史记》版本是中华书局本，中华书局本的底本是金陵书局本，金陵书局本在校勘过程中主要使用了清代版本学家、校勘学家钱泰吉的校勘成果。钱泰吉校勘《史记》《汉书》三十余载，成果颇丰。可以说，钱泰吉的校勘工作是《史记》校勘学史上的重要一环，对后世影响深远。但是，目前对钱泰吉校勘《史记》的研究寥寥，鲜有人关注。因此全面辑录钱泰吉校勘成果是一项极为重要的工作，这既是存续他三十载奋力之成果，更是有利于《史记》学的深入研究的工作。当然，这是一份难度极大的工作，需要耗费大量的时间和精力，但如果我们都不去完成这份工作，那么钱泰吉的成果便只能深藏在各大图书馆的书库里。我想它也在等一个人去发现，如果我们已经意识到它的重要性却还搁置不理，那它可能还要等一年、十年、五十年，甚至上百年。为古书“续命”是一件重要的事情，为这些特别重要的古书“续命”更是刻不容缓。所以，我利用周末和寒暑假，前往国家图书馆、上海图书馆、浙江图书馆，查阅钱泰吉批校本《史记》和《校勘记》，并作了详细的整理工作，目前已经辑录钱泰吉校文超过五十万字，总成果估算有七十万字左右。

我有幸见过上海的霓虹和繁华，也曾因梅雨天气无法查阅善本古籍在上海图书馆里手足无措。因囊中羞涩，为了节省开支，我常常要从住宿的地方坐一个半小时的地铁到图书馆，一天的通勤时间不下三小时，中午就吃随身携带的面包，节省时间。辛苦是必然的，但和内心那份“为往圣继绝学”的喜悦、激动相比，这点苦算不上什么。我仍然记得，在国家图书馆古籍馆，灯光黄晕、发暗，坐我对面的是一位年逾半百的老先生，他托着眼镜，把古籍放得很近，一边仔细翻阅对比，一边手抄笔录，有时可能查到了需要的内容，老先生攥着拳头，微微振拳，脸上洋溢着笑容。查阅古籍的学者们占满了大半个阅览室，大家行色匆匆，但眼中都充满坚定。我愈发坚定地相信，做自己真正热爱的事，就是人生中最重要的事。

“重情义”与“尚风骨”

山东大学文学院素有“重情义、尚风骨、尊学术”的文化传统，重视校史、院史研究便是“重情义”的生动体现。我的导师李振聚老师非常关注校史。李老师正在编撰山大“冯陆高萧黄”之一的黄孝纾先生的年谱，还和张洪刚老师编有四部《山东大学文学院史料丛编》，书中所收皆是文学院的罕见史料。张老师是文学院研究校史的专家，著有《梁实秋在山东大学》和《上庠振铎录——山东大学文苑往事》，我都一一拜读过，也经常和张老师畅谈校史。在老师们的引导下，我也对校史、院史研究产生了浓厚的兴趣。

我最熟知的是开创山东大学“一人系”传奇的黄际遇先生，我花费三年时间编撰的《黄际遇年谱》也即将竣工。黄先生有大才，学贯中西，兼长文理，曾任武汉大学数理系主任、山东大学文理学院院长、河南大学校长、河南省教育厅厅长、中山大学数学天文系主任等职，老舍先生对其有“博学鸿才真奇士，高风亮节一完人”之盛赞。我常常感慨，黄际遇、梁实秋、闻一多、杨振声等先生，他们是勤奋的一代，他们书写了 20 世纪 30 年代山东大学的辉煌。梁实秋先生不仅曾是山东大学文学院外文系主任，还兼图书馆馆长，他开设了英语、欧洲文学史、莎士比亚等课程。他邀请闻一多、赵太侔、黄际遇等人组成图书委员会，为图书馆的建设群策群力。在他的主持下，图书馆每周出一期《图书馆专刊》，刊载新书目录、图书评论和图书馆学的知识。他还亲自到上海选购过图书。黄际遇先生每天忙于备课、应酬，还能坚持每日读书到深夜，并每天写下上千字的日记，令人震撼！

坦白说，翻读黄际遇先生日记中那些关于校史的零星片段，并与《国立山东大学周刊》、档案馆诸多材料比而观之，我除了激动和震撼外，还有惋惜和惶恐，遗憾我们已渐渐离那个时代远去，触手难及。电影《寻梦环游记》里面有一句台词："真正的死亡是世界上再没有一个人记得你。"我们像有着绘画天赋的探险者，努力拼凑支离残损的历史记忆，串联起被散落遗忘的历史故事，用笔下的文字绘出，将其捧起展示给世人。我由此生发出无限的期待，或许当众多的日记、书信、档案、报刊汇集到一起，我们就能尽最大可能，无限地接近他们，与他们对话，还原前辈学者生活的样貌，触摸那个群星璀璨、名流辈出的国立青岛大学、国立山东大学。

《孟子》有言："颂其诗，读其书，不知其人，可乎？是以论其世也。"我想，校史、院史之研究的最大意义便在于，我们可以通过研究一人之行历、一群人之行历管窥一代大学之风貌，从而听到山东大学一百多年来朗朗悠长的读书声、坚定有力的脚步声。

“考文献而爱旧邦”

“观乔木而思故家，考文献而爱旧邦。”这是张元济先生《印行四部丛刊启》之语。乡邦文献是人们记忆的承载者，更是地方文化底蕴的重要来源。在整理古籍的过程中，我愈发觉得，整理家乡古籍的获得感是做其他古籍研究无法比拟的。我猜，这或许与那份“生于斯长于斯”的热忱有关。

我特别关注清代学者林邦辉编撰的《蔚文书院全志》六卷，这部书是现今唯一保存完整的海南书院志，国家图书馆和广州中山图书馆各藏有一部。据《蔚文书院全志》记载，万历二十三年（1595），在文昌知县贺沚的倡议下，乡绅林有鹗、林有鸣兄弟等捐资建成玉阳书院。万历三十三年（1605），有一场大地震波及文昌，玉阳书院在地震中倾圮，林有鹗、林有鸣兄弟又捐资重修，并捐田充实书院经费。《文昌县志》亦载：“玉阳书院在县北门外文昌阁之右。万历乙未年，知县贺沚、绅林有鹗、林有鸣、曾应期等捐赀创建。立会讲学、课文。置田收租，以供修理、办祭。后地震，崩坏。林有鹗、林有鸣重修体仁堂、文在兹坊，复捐田以足公费。”玉阳书院曾更名为至公书院、蔚文书院，最后成为现在的文昌中学，历经四百余年风雨沧桑，其文脉延续至今。林有鹗、林有鸣兄弟在玉阳书院肇建之始出力尤深，对数百年来文昌文化的传承与发展贡献斐然，我对这两位同姓先贤满怀敬仰。大前年除夕，我在老家祖屋翻出一份家谱，封面上题有《光绪三十一年岁次乙巳置家谱·延年益寿部》，是先公林熙育的手稿本。可惜家中长辈保存不善，除去虫蛀霉变，多处已然褶皱损烂。《家谱》上明确记载：“十七世祖有鸣，字汝御，号肖愚，又号阳初，官武平卫经历。葬紫贝岭省愚公坟右。配杨氏，葬桃村园祖妣坟右。继妣韩氏葬松仔坡地，男兆台。庶妣蔡氏，葬南畔坟地，男兆魁、兆一、兆甲。”我方恍然大悟，原来我与这位赫赫有名的乡贤有血脉上的联系，内心激动不已。

2022年的暑期，时疫未散，我提前返乡，偶然知道文昌图书馆藏有一部很珍贵的《湄邱遗集》，可以算得上是文昌前贤留存的最有名的诗文集，它的作者邢宥是与丘濬、海瑞一起被世人并称为海南“一鼎三足”的著名政治家、学者。仰慕前贤已久，我十分希望能有机会查阅此集，遂心怀忐忑地前去咨询，没想到竟得到邢斌馆长的热情接待。据馆长说，因为是地方小图书馆，平时基本没人来查阅古籍。又因图书馆没有编藏书目录，古籍特种书库里的两千余种古籍排放毫无规律，馆长便放我进入古籍书库自己查找，更邀请我在假期来帮忙整理古籍，可以自由查阅。要知道一般图书馆对于读者触碰古籍都避之不及，更别说让读者进书库自己找了。文昌图书馆如此善意，实在是让后学受宠若惊。

在我的母校文昌中学，有一座为纪念校长詹行烧先生而立的铜像。就读文中六年间，我日日途经先生像前，读石上所镌铭文，常慨然于先贤之功绩。先生躬耕桃李，为海南教育发展殚精竭虑，卓然有成。在文昌市图书馆访书的时候，我发现了不少钤有“竹溪”朱文印的古籍，我很快意识到，“竹溪”正是詹行烧先生之字，这些书皆为詹行烋先生旧藏！这对我这样一个仰慕先生已久的后学而言，无疑是巨大的惊喜。这本极为罕见的乡贤文集《涓邱遗集》便曾是詹行烋先生的藏书，卷末有先生跋语“一九六一年岁次辛丑仲春月拜读”，落款为“竹溪志”。这是此行最有趣的发现，更让我感叹于缘分的奇妙。

文昌作为千年古邑，文脉源远流长，人文鼎盛一时，然诸如古籍、碑刻等文献流传甚少。詹行烋先生的数百册藏书尽数归藏于文昌市图书馆，留存至今，实乃一大幸事。然而，文昌民间又散落有多少古籍、碑刻？历经鼠啮蠹蚀、人世沧桑，这些“故纸堆”和“残碑”该何去何从？它们是否就此在历史的角落里湮没无闻？每念及此，无不令人忧心。文昌文庙藏有明清碑刻数方，曝于烈日，残于水流，虫爬苔生，碑文漫灭，何其哀哉！我会努力结合所学，保护并传承乡邦文化遗产，弘扬地方文化传统。

“板凳要坐一世冷”

宫立老师说“板凳要坐一世冷”，杜泽逊老师在接受采访时也说“让古籍中的文字活起来，需要一颗赤诚的匠心”，“必须坐得住冷板凳”，“如果急功近利地粗制滥造，就糟蹋了前人这么好的研究成果，还不如不去做”。老师们的话，常常警醒、激励着我。“巨舰只缘因利往，扁舟亦是为名来”，今时今日，“因己利，为己名”者甚众，而“思天下”者鲜已。我又当往何处去？黄色树林里分出的两条路，几人能同时去涉足？我也和罗伯特·弗罗斯特一样，“在那路口久久伫立，向着一条路极目望去，直到它消失在丛林深处”，我勇敢且坚定地选了人迹更少的、被人们冠以“冷门绝学”的那一条。我知道，有几本古书、有几位先贤，他们在等我，他们等我很久了。这个“冷板凳”我得坐，而且要坐一辈子。

编者寄语

本文作者曾在“中国符号的转化与写作”课堂上分享过玉文化，当时他慷慨激昂的讲述赢得了满堂喝彩，而这篇名为《徜徉典籍，溯古追光》的文章则让人见识了这位学子的另一面——除了条理清晰、侃侃而谈的才气，他还有甘坐“冷板凳”，探赜索隐、校订古籍的勇气与实践，具有“为古书续命”“为往圣继绝学”的治学方向和价值追求，展现了当代青年学生的综合素质与人文风貌。

“掘”知此“史”要躬行

/ 李紫琪

“文化”一词，近乎填满了我的治学终始，但此时此刻，要我坐下来，抛却白纸黑字的知识，聊一聊自己眼中的“文化”，却是一件比想象中更加困难的事。

我试图把这种缥缈的意识实体化，眼前是一片阒寂的皑皑雪地，有人踏上了第一枚脚印，后来者紧接着他的步伐，有可能迈一步，也有可能只是轻挪一下鞋底，大半仍叠压在上一个印记；有可能向前走，也可能向随便哪个方向倾斜一个角度……成千上万个脚印经过成千上万个日夜层层相叠，终于踏出了一方属于自己的领土——这就是我们的文化。这一想象大抵源于王明珂先生的启发，他在思考“什么是中国人”这一问题时提出了两个词语，其中，“历史记忆”即是苦行的脚印，“族群认同”即是描摹的领土，而考古的意义，无非是让那封存在大雪深处的“历史记忆”重新清晰，让这些脚印，引导我们进一步思考“领土”的边界。

透物见人：打开历史记忆的罐头

我对历史的兴趣或可上溯到幼年，当时最爱读的绘本是《中国神话故事》与《中国成语故事》，我当时知道，“神话”即是虚构，起码“后羿射日”“嫦娥奔月”是从未发生、也不可能发生的事情，但对“凿壁偷光”“铁杵磨针”这种与现实相近的情节我深信不疑。稍大一些，受94版《三国演义》的影响，又去读《汉书》，至今记得《高帝纪》开篇即言高祖之母于“大泽之陂，梦与神遇”，几行后，又见高祖醉酒斩白蛇、老媪称之赤帝子云云，我举着书跟同学分享：“原来史书也会编故事。”

是呀，史书也会编故事。大学伊始，屈宁老师在史学概论的课程上曾问过我们这样的问题：“谁记得自己昨天中午吃了什么？前天中午呢？上周一的中午呢？”没有同学能回答上来——我们都知道，除非每天写日记，否则，保存自己的记忆就是一件太难的事。那么，司马迁以一己之力撰写三千年通史，又如何保证人们口耳相传下来的逸事足以采信呢？更遑论其他著史者出于种种立场，亦可能将事实删改、美化。

意识到这一点后的很长时间，我对研究“历史”处于一种悲观的态度：已经过去的那些真实，好似雨滴拂过树梢，在当时须臾间落下的“滴答”的更漏将阑声，至今难闻回响。

转机出现在大二的测绘课，我有了第一次零距离触摸文物的机会。那是一批再普通不过的陶罐，甚至称得上“粗糙”，分到我手里的那只活像陶艺社初学者的作品，往架上一立，跟我一样脊柱侧弯。我在临绘它的过程中，被迫长久地与它对视，钻研每一个轮廓走向的深意，渐渐发现那些绳纹的叠压，是一双手自下而上一圈圈拍印而成；在绳纹没有装饰到的素面上，也有一道道片状器的刮抹痕迹——它们都是手工业者作为一个独立个体存在过的证据。那一刻，我通过这些实在的痕迹，遇上了蹲在陶土前认真装饰的先民，见到了他彼时彼刻所见，霍然听见了距今五六千年前某一瞬的更漏。

如果说，人的记忆会消散，那人使用的物品呢？住过的房子呢？生活的场域呢？我翻开已经泛黄的《中国神话故事》，里面有几页干硬地黏连在一起，可能是我幼时洒上的水。

原来历史的记忆，一直在被这样一些“罐头”密封储存着。

大三下学期，我在章丘焦家遗址实习，亲身体验了发掘“罐头”的喜悦。在焦家，我发掘最多的遗迹类型是墓葬。“挖墓”并不像很多人想象的一样，充满了所谓的机关，更多时候称得上“平淡”：下到一人宽的竖穴墓中，用竹签和毛刷，将墓主身上的填土从头到脚仔细剥离、清理，连同配饰、随葬品也要一起保留在原位，最终完整复原出数千年前下葬的场景。这使他们的死亡不像死亡，更像一种生命的暂时寄存。

想开好这样一个“罐头”也并不容易。得益于北方干燥的环境，焦家遗址的人骨保存状况算得上良好，但即便如此，也很难支持布料、木头等有机物在地下储存上千年，这就要求我们在发掘过程中尽可能地“捕风捉影”。以木材为例，它在泥土中朽烂后会残留灰印，少数情况下会有明显的灰黑色轮廓，绝大多数只有肉眼几乎难以辨别的微小色差，我们就是要通过填土中残留的这一点点色差痕迹，找出棺椁存在的证据，甚至要从棺板间连接的形状，判断出当时拼装葬具的顺序。这对当时的发掘和后续的整理，都提出了极高的要求，但同时，也给予我们许多文献无法记载的历史记忆。

“考古本身也是一种破坏”，这些被尘封成百上千年的遗迹与遗物，在考古队员的手中重见天日，这个过程有且只能有一次，如果一个细微的痕迹没有被发现，这段记忆就在被手铲带走时迎来了它彻底的死亡。因此，我在进行考古发掘的时候常常有种巨大的压力和使命感，希望尽可能寻找历史的真实记忆，以此为辙，追溯文脉的去向。

探寻文脉：破译族群认同的密码

找寻历史记忆只是开始，是考古研究中的第一层次，想要真正了解“文化”的意涵，还需破译物质资料背后的思想观念。比如我们常说自己是“炎黄子孙”，其实并不代表每个人真的是由炎、黄一脉而来，更多是代表着对这一观念产生的归属感。同样，从中秋、元宵、清明的传统节日，到“程门立雪”的好学、“孔融让梨”的谦和，这一份份耳濡目染的归属感共同划定了我们族群认同的边界，这就是我们想要传承的文化。

考古无疑就是破译族群认同密码的钥匙。最打动我的是洛阳烧沟汉墓中，有一座放有三口棺的同穴异室墓。其中，A 室和 B 室的棺内各有半面铜镜。查询其他考古材料，会发现这种情况并非个例：在安徽怀宁两座相距 3 米的唐墓中，各出有铜镜的一半；江西星子县宋墓两棺也各随葬半面毬路纹镜。墓志记载，丈夫比妻子晚九年去世，应是妻子持着半面铜镜先行下葬，九年后，丈夫带着另半面镜子到九泉之下寻找亡妻。若是外国考古学者发现这些遗物，很可能会将它们作为独立的残损随葬品记录下来，但让任何一个有心的中国人来看，都会自然而然联想到“破镜重圆”一词，联想到古往今来一个个凄美感人的爱情故事。这就是族群认同的一隅，这就是中国文化浪漫的一面。

文化既有相对稳定性，也有历时变化性。早在大汶口文化中晚期，棺椁制度就已经基本确立，在当时，只有高等级聚落的大型墓葬才可以使用多重棺椁作为葬具，这也成为夏商周三代礼制的重要组成部分。到了汉代，丧葬仪式达到了一个相当庄重的程度，墓中出土大量仿造现实生活制作的陶俑、陶仓、陶楼，汉代人还喜欢将墓主的宴饮、射猎、出行场面刻画在画像石、画像砖上。许多高等级墓室的构造也完全按照墓主生前的房屋形制来建造，这是因为汉代人相信人死后的灵魂会进入另外一个世界继续生活，因而死者的一切布置都要按照生前的规格，即所谓“事死如事生”。此外，不同地区也有自己的区域性丧葬文化：汉代四川地区盛行随葬摇钱树，有学者认为是当地在丝绸之路商贸活动影响下产生了“求利”与“荫后”的愿望；唐代长江下游盛行的船形墓，被认为是一方水土的特殊产物……这些在历史长河中不断重塑形状的丧葬观念，有的已经悄然消弭，有的已经潜移默化地以另一种方式存在于我们的文化中。

传承文化并不只是着眼于当下所见，更要回望来路，知道它们从何而来，这也是我们考古学子义不容辞的担当。只有拿起手铲，用耐心和细心掘出沉睡于地下的历史记忆；再挥动笔杆，追析它们背后的族群认同，才能向国人娓娓道来“我们何以是我们”，才能向世界更自信地传达延续千年不曾间断的中国文化。

也许在这片雪原上，已经有许许多多脚印被时间风化，它们成谜成冢、成尘埃、成微风，我仍愿意尽所有力量于田野躬行，捕捉那一丝留存的可能，哪怕是粗线条的勾勒，因为这是我们不能抛弃的民族记忆和文化基因，因为它就在那里。

编者寄语

这篇文章既向普通读者普及了考古之于历史文化的“寻根”意义，又在其中灌注了作者对考古专业、文化传承的深切体悟。“只有拿起手铲，用耐心和细心掘出沉睡于地下的历史记忆；再挥动笔杆，追析它们背后的族群认同，才能向国人娓娓道来‘我们何以是我们’，才能向世界更自信地传达延续千年不曾间断的中国文化。”作者的这段话足以让人为之动容，字里行间，洋溢着学子对历史的敬畏、对专业的热爱、对考古的深情、对文化的赤诚。考古，是对文明的探索、对民族文化的追寻，也承载了青年大学生对话历史、感知文化遗产、传承传播民族瑰宝的拳拳之情。

菰芦深处有人行

——尼山学堂求学记

/许　佳

我想像鸟儿一样振翅高飞，跨越界限，到那个至今仍金光灿灿的年代。

——题记

作为2021级本科生，我已在尼山学堂度过了两个春天。凡心所向，素履以往。优秀传统文化的大树万古长青，我们栖息于它的枝头就会情不自禁地为此而歌唱。斗转星移，万物乾坤；中华文明，玉振金声。回首求学的日子，贯通古今中外的课程设置、真切深挚的知识传承、育人育才的家国导向，指引着我破除迷茫，在各类研究实践中自由穿梭如风。来路漫漫，初心不改，作此总结，僶俛前路。

累世不能殚其学，一日未尝忘于心。我们凝望着最初的凝望，五千年，仿佛刹那间，村落成了国，符号成了诗，呼唤成了歌。

我自小接触经典诵读，漫卷诗书中，留下了传承的浅痕。来到尼山学堂后，我得以接触经部、史部、子部、集部与目录学的原典导读类课程，文字、音韵、训诂的通论类课程，文学、史学、哲学与经学的学术简史课程，以及各类专业限选课课程。知识盛宴中，优秀传统文化在学子面前展露了瑰丽世界的一角。

且将新火试新茶，诗酒趁年华。在完成专业必修课的学习之余，我选修或旁听了几乎全部的限选课课程。杜泽逊老师“中国经学史”课程上“不为虚浮孤陋两途所误”的教诲，督促我潜心敦品、博学笃行；蔡杰老师“《宋元学案》导读”课程中对于“贪利禄而不贪道义，要作贵人而不要作好人”之“志不立”之病的解读，提醒我莫要昏顿，而须勇猛奋跃，抖擞精神，立志而后积累功夫；宋开玉老师“李杜诗导读”课程里，翔实的考证蕴藏着人格的挺拔，“天意君须会，人间要好诗”而“垂辉映千春”，“致君尧舜上，再使风俗淳”才会“穷年忧黎元，叹息肠内热”；孟巍隆老师“西方汉学导读”教导我要有文学批评的态度和学术的眼光……

盛世修文，巍巍大业。何其有幸，我得以参与国家古籍保护中心委托重大项目“日本藏中国古籍总目”与国家社科基金特别委托项目“《永乐大典》存卷综合整理研究”。《九大文学目》《风陵文库》近五万字的录入与校对工作，使我形成对脚踏实地做学问的初印象；三次参加《永乐大典》存卷引书条目编号、审核剪贴、分书重编与条目录入的工作，让我仿佛被一束温润的光照拂着。我始终记得，在2022年12月疫情日紧的时刻，《永乐大典》

组的学长学姐坚持留校，完成了大典的全部审核工作并悬挂标签。“邺侯家多书，插架三万轴。一一悬牙签，新若手未触。”凡人间卓绝之业，必待卓绝之人艰苦奋斗而后可成，思之令人泪下。我也不能忘记2023年暑期留校完成大典分书重编的日子，前往文史楼的道路总是被阳光照亮，宽敞的屋子里时常条理分明地摆放着正在进行拆分合并的书页。要整理的《永乐大典》书卷很多，它们摆满一整面的书柜；但做起来又觉得少，因有爱惜之心，便生心痛之感。此时方知何谓“为古书续命”，何谓“医生救人的命，我们救书的命”。

依山铸铜，煮海为盐。我立志从事中国古典文献学研究，但在山东大学文史哲贯通的培养模式下，也完成了文学、史学与哲学方面的学术论文。如果说“博古通今”“博学多识”强调的是知识的输入，那么写作就是“最精细的阅读，最严密的思考，也是问题研究进程中最严肃的最后阶段。非写作成文，不能视为研究终结”。在2023年的论文报告会中，我完成了自己的第一篇学术论文《〈诗经〉鲁国有“颂”无“风”考》。初次尝试输出是一个破茧成蝶的过程，我感受到自己任何时候都在打开，打开得疼，疼得叫不出来。但凝结在其中的劳动终会赢得厚积薄发的时刻，“何惧扶摇九万风”，我无惧劳苦，愿尽自己的力量去完成每一个选题，让过去拥有未来。中国古典学术研究任重而道远，但总需要有人去继承、研究、创新，从而“继绝学、铸新知”。我深知学术之路漫长艰辛，好在一路上都有师长鼓舞。课程学习之余，我参加了近两百场国内国外的学术讲座与会议，这让我“真实地活下去，还不忘记看每天的月亮”。

知为行之始，行为知之成。2023年暑假，我有幸协助策划山东广播电视台文化节目《国学小名士》第六季《中华家庭诗词擂台赛》，担任题库组导演与文学顾问。围绕诗词里的中国人格设定十期节目的主题后，我又根据十期主题和赛制，策划相应的诗词题目，全过程参与节目的筹备、现场录制与后期的剪辑制作。棚里录制的日子里，凌晨两点半下班成为常态，我亦曾见过凌晨五点的城市。付出无数心血的导演组成员，在《不畏浮云遮望眼》一期近十个小时的录制过程里，得到了台下观众自发的掌声。成功不必在我，而功力必不唐捐。最后一期节目录制前，我和晓彤导演一起检查“争分夺秒”环节的成语墙道具，亲手贴下一个个数字标签，扭头就看到金坤导演的点赞手势。最后擂主产生，大家起身鼓掌，我亦跟着默念“此心安处是吾乡”的主题词。《中华家庭诗词擂台赛》播出期间斩获全网传播流量31亿次，融合传播指数位列同期电视文化综艺第五，并4次登上播出当日黄金档TOP10，《人民日报》等党政媒体称赞节目“结合中华优秀传统文化的传播与家风家教家庭建设”“使优秀传统文化的精神光彩映照现实”。

山东大学具有文史见长的传统优势，是研究和弘扬中华优秀传统文化的重镇。习近平总书记曾经在给《文史哲》编辑部全体编辑人员的回信中指出：“增强做中国人的骨气和底气，让世界更好认识中国、了解中国，需要深入理解中华文明，从历史和现实、理论和实践相结合的角度深入阐释如何更好坚持中国道路、弘扬中国精神、凝聚中国力量。” 作为文史哲专业的青年学子，我们更应坚守中华文化立场，坚定文化自信，积极运用马克思主义来学习和发展中华优秀文化，讲好中国故事，传递中国声音，让世界了解中国，让中国走向世界。

自由的环境，人文的精神，无限的可能。杜泽逊老师说："尼，不是'泥'古违今的顽固，而是根植大地，看清来处，远眺前途，这是甘于寂寞的坚守。山，不是'删'繁就简的残垣，而是精挑细选，万般思量，字斟句酌，这是青出于蓝的心愿。学，是学无止境，问道以诚，求真为志，这是精益求精的追求。堂，是堂堂正正，春蚕默默，桃李蓁蓁，这是言传身教的示范。"

为天地立心，为生民立命，为往圣继绝学，为万世开太平。尼山学堂的大花园，有肥沃的土壤和水分，终将开出各种各样的美丽的花。不待扬鞭自奋蹄，我将以根植于这片土地的热忱，为热爱的古典学术奉献终身。

编者寄语

这是一篇行文晓畅、旁征博引的好文章，从中我们可以看出作者广博的知识视野、高远的学术追求和扎实的专业能力。看到优秀青年的快速成长，身为老师的我们总是由衷欢喜。孟浩然诗云："人事有代谢，往来成古今。江山留胜迹，我辈复登临。"热爱，是不竭的动力；信念，是前行的灯塔；行动，是传承的力量；坚守，是不争的誓言。中华文化的赓续和世界文明交流互鉴，呼唤更多青春的激昂与持之以恒的实干。

儒韵新篇

——青年之志与时代之责

/ 颜培森

懵懂少年时，走上儒学研究路

“忠厚传家远，诗书继世长”，对于这句苏轼为学生王巩题写的“三槐堂”铭词，孩童时期的我就耳熟能详，然而并没有深刻理解。每逢传统节日，尤其是春节，不识字的爷爷奶奶对天地乃至一眼井、一个灶台、一棵古树都充满了无比的虔诚与敬畏，对弱势乡亲哪怕是陌生人都给予深切的同情与关爱。孩童时的我对这一切深感困惑。如今回顾过往，方意识到儒家倡导的“亲亲而仁民，仁民而爱物”已深深镌刻在每个中国人心中，日用而不知。

年至十八，在本科的求学路上，我懵懂地选择了政治学、经济学与哲学作为自己的专业。通过大学两年的学习，我明确了内心的选择，决定用古老的智慧来锚定自己的人生航向。站在专业分流的十字路口，我义无反顾地选择了那条不那么喧嚣的路——哲学专业。那时，儒学便在我心中生根发芽，成为我研究的志向。

山东大学，一座矗立在儒家文化热土上的巍巍学府，沐浴着齐风鲁韵的洗礼，传承着中华民族千年的文明。在报考研究生时，我毫不犹豫地将目标锁定在了山东大学儒学高等研究院，那是我心中的学术圣地，承载着厚重的历史与博大的学问。在这里，我将追寻自己的梦想，深入儒学的殿堂，探寻那深邃的智慧之海。从 2022 年入学至今，得益于母校的庇护与培养，我在学术道路上不断成长，并愈发坚定着我的选择。

在中华民族悠久的历史长河中，孔子的思想如同璀璨的明珠，闪耀着智慧的光芒。我入学后，跟随导师赵卫东教授逐字逐句阅读“四书”经典，并对孔子的思想产生了浓厚的兴趣。在这个过程中，我逐渐感受到了孔子思想的博大精深，正如颜子所说：“仰之弥高，钻之弥坚，瞻之在前，忽焉在后。”在山东大学党委宣传部、儒学高等研究院主办的“典籍故事青年说”第一季《论语》趣读活动中，我与团队小伙伴以歌曲改编的形式，演绎了孔子波澜壮阔却充满坎坷的一生。“幽谷兰猗猗，未以无人而不芳；长夜一盏照万古，千年钻之弥坚；景行行止高山仰，性命天道似万仞墙；发愤忘食乐忘忧，何惧列国奔走，道阻长……斯水逝留春秋，歌凤遽衰，泣麟何促！韦编绝诗书修，九流仰镜，万古钦躅……”仿佛时光倒流，我与孔子的身影在千年前相遇。尽管歌词略显简陋，但我仍深感其中意境，屡次为之动容落泪。

“孔子布衣，传十余世，学者宗之”，这是孔子的伟大。由孔子人，在往后不断的学习中，我不仅愈发体会到儒家的人格魅力，还体会到儒家信仰与生活哲学的交融。儒家思想源远流长，之所以经久不衰，正是由于它不仅仅是一种信仰，更是生活的智慧。它穿越历史的长廊，回响在中国人的精神世界之中。儒家倡导的仁爱之道，使得中华民族具有浓厚的亲情观念，亲情至上，家庭为重。儒家强调的正义精神，使得中国人崇尚公平正义，尊重法律。儒家倡导的礼义之道，使得中国社会讲究秩序，追求和谐。儒家主张的明智之思，使得中国人勤奋好学，自强不息。儒家强调的诚信为本，使得中国人讲究诚信，信誉至上。在历史长河中，儒学的智慧如同涓涓细流，滋养着华夏土地上的子子孙孙。而它如今滋润着我的心田，让我为之坚定信念，锚定人生的方向。

立志弘正道，躬身去实践

优秀传统文化是我们的根与魂，是我们共同的精神家园，我们既要代代相传，又要与时俱进，这已成为中华儿女的共识。但如何守住？如何传承？众多学者纷纷为传统文化在当代社会的发展寻求新的出路，其中以颜炳罡、赵法生等学者为代表的乡村儒学，被视为一种重要的发展路径，为儒学的传承与创新提供了有益的探索。在各方学者及社会各阶层人士的共同努力下，儒学智慧与现代生活得以再次融合，为新时代乡村治理注入了一股清新气息。

去年，在老师们的带领下，我有幸深入参与了一项乡村儒学讲堂活动。在那里，我见证了传统信仰与现代生活有机结合，共同塑造出一个充满活力与和谐的新型乡村。

北东野村，一个位于山东省泗水县圣水峪镇的朴实村落，因其独特的乡村儒学活动而声名鹊起。走进村子，映入眼帘的是一座座具有中国传统建筑特色的房屋，白墙黑瓦，古色古香。我们站在简陋低调的讲堂前，心中满是敬畏与期待。这个讲堂，没有华丽的装饰，只有朴实的乡亲们和一颗颗渴望知识的心。在这个活动中，村民们对儒学的热情让我深感震撼。他们怀揣着对传统文化的尊重和热爱，纷纷走进课堂，聆听专家的讲解，探讨儒学经典。在课堂上，村民们认真做笔记，虚心请教。他们专注的眼神，犹如明镜，映照出对知识的渴求和对文化的敬仰。

“己所不欲，勿施于人。”这句简单的话语，却蕴含着深厚的哲理。这不仅是一种对他人的尊重，更是一种对生活的深刻洞察。它告诉我们，真正的道德不应是仅停留在表面的行为规范，而应深入人心，成为我们行为的内在驱动力。我们与村民们围坐在一起，分享着儒家的智慧，领略着人性的真谛。这不仅是知识的传递，更是心灵的触动。这些古老的教诲在乡间的田野上重新焕发生机，仿佛是穿越千年的回响。我们知道，这片土地上的智慧与美好，还将伴随着我们，一同照亮前行的道路。

尽管当前乡村儒学实践的场所在全国范围内尚未实现全面覆盖，但秉持着“立志弘正道，躬身去实践”的信念，全国各地已有许多矢志传承孔子思想的志士仁人，肩负使命，致力于推广乡村儒学。在新时代，我们有理由相信，儒学思想将借助民间智慧燃起文化传承的燎原之势。

为往圣继绝学，我们在路上

山东大学以“为往圣继绝学”为己任，肩负起传承和弘扬中华优秀传统文化的重任。在这所学校里，还有一批热衷于推广国学知识的青年学子，一同聚集在国学社，共同将优秀传统文化传播得更远。山东大学国学社自2007年创立以来，始终秉持着学习、弘扬及复兴国学的宗旨，以学习与实践传统文化为初衷，坚持汲取精髓，摒弃糟粕，批判继承，古为今用。国学社的主要活动包括传统文化讲座、汉服汉礼展示与普及、国学知识经典诵读大赛以及社会实践。成立以来，国学社已成功举办多项品牌活动，如“济南市大学生国学经典诵读诠释大赛”“传统文化书籍晨读”和“春祭孔子”等。作为山东大学国学社社长，我深知身上肩负着传承和弘扬优秀中华传统文化的重要使命。我们用现代的方式解读经典，用青春的热情传播儒学，优秀传统文化在我们青年学子心中也再次焕发出新的生机。

近一年，除了开展传统文化推广活动，我在进行专业学习的过程中还深刻意识到，在全球范围内，中华优秀传统文化的传播和交流十分紧迫。例如，西方经典从古希腊至现代哲学的国内中译本已颇为全面，相较而言，中国儒学经典的英译本却为数不多，令人惋惜。目前已有诸如理雅各、葛瑞汉等优秀译者致力于推动儒家经典走向世界，同时《汉英哲学大辞典》等工具书亦应运而生。

鉴于青年一代的责任与担当，我亦在翻译领域贡献己力，协助老师完成《中国哲学思潮发展史》等书的编译，以及儒家经典的中英文互译工作。在实践过程中，我愈发体会到翻译工作的深远意义与责任担当。翻译关乎文化的传播与交流，它绝非一项简单的任务。翻译工作追求精确性，它要求译者在深入研读并领悟儒家经典的基础上，紧密关注当代儒学研究的最新进展。同时，还需提升翻译能力，力求精准地传达儒家经典的思想内涵。践行中华优秀传统文化、为往圣继绝学的道路是一项任重而道远的事业，正所谓“仁以为己任，不亦重乎？”我将不忘初心，矢志不渝。

“道不远人。人之为道而远人，不可以为道。”道就是中华文化的核心价值。这些核心价值正是通过千千万万个“我们”传承下去，弘扬开来。2022 年 11 月，我以青年学生代表的身份，与特邀嘉宾杨朝明老师一同录制《理响中国》节目。在发言中，我诚挚地表示：“在未来的学术生涯中，我将立足于自身专业领域，积极投身于民族文化复兴的伟大事业，为推进中华优秀传统文化与马克思主义及全球优秀文化的互动与交流，贡献自己的一份力量。”身为中华之青年，我怀着满腔热情呼吁大家：让我们一起传承儒学经典，让中华文化在世界上大放异彩！让我们以青春之我，书写中华文化的新篇章！

编者寄语

选择儒学作为自己的治学方向，积极参与乡村儒学实践活动，还能在儒家经典的外文翻译工作中贡献出自己的一份力量，作者在文化传承方面所做的这些努力，每一项都有着沉甸甸的分量。中华优秀传统文化的继承与弘扬，是一项伟大的事业，伟大的事业呼唤着青年学生的加入。道不远人，机遇就在我们身边，莘莘学子需要走入社会、走进乡村，在实践中增长才干，在服务社会中升华知识、生成价值。希望有更多的学子理解认同这样的成长路径和社会参与，青春力量的加入会使这项伟大的事业熠熠生辉。

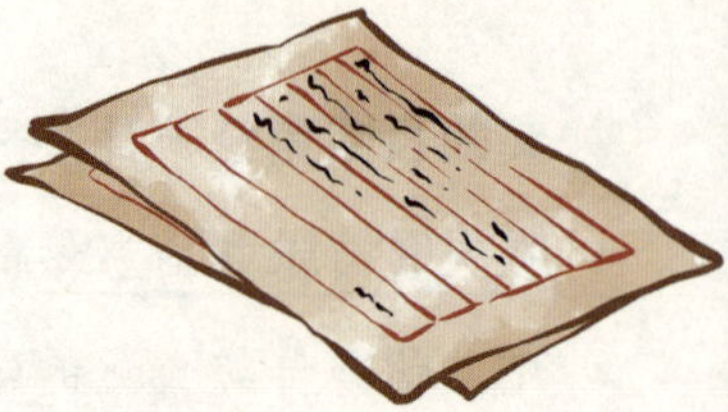

传千年之典籍，燃万古之明灯

——记与古典文献的“耳鬓厮磨”

/ 赵启蒙

“缥帙青箱次第开，慨然英气转难裁。”历史烟尘里的千丝万缕，文化基因中的盘根错节，都因承载于万千典籍中，而与生于现代的我们产生共鸣。中国现存古典文献数量庞大，据《中国古籍总目》统计，包含档案文书、金石拓片、民间抄本等文献在内，共计约有二十万种古籍已被著录在册。然而大多数的典籍，只能庋藏于秘阁深馆，不为今人所知。中华典籍中蕴藏着中华民族的精神血脉，作为古典文献的学习者与传承者，我们更应该薪火相传，代代守护，让古书中所记载的那些神秘而有趣、幽深而幻丽的故事重见天日，让那些记录于纸端的古史逸闻重焕光彩。

我闻校书如扫尘，尘随帚去辄随有

还未入学，我便对“校经处”之名有所耳闻。师姐告诉我：“那里是汇校《十三经注疏》的地方，开学以后你会常驻那里。”2022年9月23日，是我硕士入学的第一天。也是在那一天，怀揣着对未来的期待，我推开了那一扇仿佛连接着历史与现代的时空之门。

校经的第一天，老师专门抽时间给我们讲了《十三经注疏》汇校的缘起、设想以及《礼记注疏》版本对校的进展。《十三经注疏》指的是《周易》《尚书》《诗经》《周礼》《仪礼》《礼记》《春秋左传》《春秋公羊传》《春秋穀梁传》《论语》《孟子》《孝经》《尔雅》这十三部最具代表性的儒家经典，以及其后融入的历代学者对其内容的笺释、疏解、注音。这部皇皇巨著，内容佶屈聱牙，版本流变复杂，目前学界仍沿用两百年前清嘉庆年间阮元刊刻的版本，始终未形成一种为学界普遍认可的当代整理本。汇校项目的意义在于厘清版本源流，评判版本优劣，以期将来形成一个较为完善的文本。

通过老师的讲述，我初步了解到正在进行汇校的是《礼记注疏》。所用底本为明万历北京国子监刻《十三经注疏》本，这是科研团队反复讨论的结果。明万历北京国子监本十三经各书齐全，经、注、疏、释文俱备，且错字较少，具备成为“底本”的基本条件。参校本则有唐开成石经本、宋刻单疏本、宋刻八行本、元刻明修十行本、明嘉靖李元阳刻本、明崇祯毛氏汲古阁刻本、清乾隆武英殿刻本、清乾隆内府钞《文渊阁四库全书》本、清乾隆内府钞《摛藻堂四库全书荟要》本等十余种版本。版本对校时，每一个版本都要经过三次校勘，由三人组成的校勘小组合校一卷。

初校完成后，三人互换进行二校和三校，能保证进度基本一致，并可以相互检查、补充各自的校记，尽最大努力校出所有异文。同时，对于在校勘中遇到的异形异体字情况，老师还嘱咐大家随手记录，定期集合大家开会讨论，补充新字，作为以后校勘各经时判定异形异体字的依据和基础。

听到这里，我既为校经处合理的校对程序与老师严谨的治学态度而赞叹不已，又不禁产生了小小的疑惑：这项工作要持续多久呢？老师似乎看出了我们的困惑，笑着说道："这项工作如果单靠个人来干，每天四个小时，仅仅《尚书注疏汇校》就要花费二十年的时间。而我们最终两年就完成了，这就是团队力量的强大。一批同学干完了，会有新的一批同学来接力。这项工作，总会干完的。"这一刻，我内心某处似乎被轻轻触动：中华文明就是在这样一代代"为往圣继绝学"的知识分子的传承下，绵延了数千年。他们潜心学问，延续文化，点燃精神的火种，只为把一个更好的世界交到下一代手上。世人所汲汲营营的功名利禄与他们无关，在他们眼中，手中这项为文明续命的使命是更值得珍视的事业。即使他们知道这是场遥遥无期的追寻，仍心怀热忱，十年饮冰，也甘之如饴。

在那一天，我似乎真正理解了何为"故纸堆"中的别有洞天，也开始了与古典文献的朝夕相处。日光明媚，轮转在书页边。每校一过，惬意与自足感便油然而生。子丑寅卯辰巳，午未申酉戌亥，校经处的日子，似乎是在现代的日晷中聆听古人的细言絮语，总觉时轮井然，光阴宽绰，岁月静好。或许，当我们怀揣着古朴匠心踽踽独行时，历史的馈赠也终会悄然而至。

俯仰之间已陈迹，暮窗归了读残书

千百年来，消亡散佚似乎是古书的宿命。陈登原《古今典籍聚散考》曾说："综计是卷所记，其最明显之现象，即在承平之时，公家私人均致力于搜罗岩穴，博藏深弆；及其乱世，则又仓皇弃之于兵匪之手。如潮汐然，忽高忽低，而终于散失消沉。"时至今日，不知有多少灿若繁星的珍贵典籍湮没在历史的滚滚风烟中，永绝人世。万幸的是，还有诸多历劫重光的遗珠，为我们讲述着那些无声而辉煌的故事，《永乐大典》便是其中最闻名遐迩的一部。

永乐年间，明成祖朱棣先后令解缙、姚广孝等人，延揽文儒宿学，博采四方之籍，广绸中秘之储，按韵编排，终成《永乐大典》。全书计 22877 卷，分装 11095 册，共约 3.7 亿字，堪称一代文献之渊薮。而今，《大典》仅存 400 余册、800 余卷以及部分零叶，分散于世界各地的公私藏家手中，总数不及原书的 4%，不禁令人扼腕叹息。这样一部承载着深远传统文化、凝集着深厚民族情感的珍贵文献，推动其回归与再造是我们中华儿女责无旁贷的使命。

何其有幸，借参加"《永乐大典》存卷综合整理研究"项目的机会，我得以窥见《大典》的"真容"。虽然是等比例复制而成的仿制品，但足以让人感受到其富丽堂皇的皇家气派：宏大的开本，黄绢包裹的书衣，莹白柔韧的白棉纸，配以朱丝栏、台阁体，可谓粲然悦目，令人叹为观止。整理《大典》时，首先要将《大典》分书裁剪，这不仅对沿缝剪裁的“手上功夫”有要求，也需要我们对《大典》征引文献的排布方式有清晰的认识。以《大典》卷13874中韵目“贲”为例，其中《周易》“六二贲其须”下依次引有程颐《易传》、朱熹《周易本义》、王弼《周易注》、陆德明《周易音义》、孔颖达《周易正义》五部书中的内容。起初，我想当然地以为这五条引文分别直接引自这五部典籍。在老师的点拨下，我才发现程颐《易传》、朱熹《周易本义》曾合编于《周易传义大全》中，而王弼《周易注》、陆德明《周易音义》、孔颖达《周易正义》则在《周易注疏》中进行了整合，因此，这五条引文存在来自两部合编本的可能。在明白这一点后，我不禁感到庆幸，多亏没有仓促裁剪，否则真的要成为“千古罪人”了。古籍中的文字是鲜活的历史的载体，每一处字迹笔触都暗藏玄机。正如陈寅恪所言：“凡解释一字，即是作一部文化史。”可见，重新剖析《大典》等珍贵古籍的文本面貌，不仅有助于我们认识其典籍自身的学术价值，也能够为我们还原历史中的学术演进提供新的视角，这是新时代古籍活化的必由之路。

《永乐大典》作为我国的文献渊海，其现今残缺之貌实为书林憾事。随着《大典》残卷整理工作的开展和对《大典》引书研究的深入，复原《大典》已成为可能。通过对《永乐大典凡例》的分析，利用现存典籍，可将其中所存篇目补充至《大典》之中，尽可能地重塑《大典》全引文献之貌。浩浩汤汤的历史中，遗憾或许一直存在。而我们的努力，是为了让这样的遗憾少一点，再少一点，是为了让那些散落的书叶，不再浮沉无依，而是像雏燕返巢一般，归藏于心安之处。

惟有吟哦殊不倦，始知文字乐无穷

《四库全书》是清代重大的官修文化工程之一，它确立了中国传统典籍的核心，在学术史上具有里程碑的意义。为了让我们更好地了解这些核心典籍的前世今生，老师召开《四库全书提要》读书会，帮助我们开阔视野。我在研一下学期参与其中，并于 2023 年 5 月 11 日领读《周易本义》提要。在深入解读提要、搜集版本书影的过程中，我留意到国家图书馆藏有一本钱陆灿手批的汲古阁本《周易本义》。此本纸叶朱黄灿然，蝇头细批，无复缝隙，不足则添签书之，这极大地引发了我的兴趣。

钱陆灿，字湘灵，号圆沙、铁牛老人，是明末清初常熟诗人、藏书家，其藏书处曰“调运斋”。同时，钱陆灿校勘精审，是清代公认的校勘名家，专有“大还堂”“景福楼”等校勘场所。此本《周易本义》亦是其手批之作的典范。宋代陆游《抄书》诗中有言：“故家借签帙，旧友饷朱黄。”作为古代读书人阅读典籍、整理文献的重要方式，批校不仅凝结着他们读书治学的心得与成果，有时还会展现出其时代整体的学术氛围与个体化的读书心境，有着重要的史料价值。

《周易本义》中所载录的钱陆灿手批之内容，亦凝结着钱氏读书治学的所思所悟，是研究清代士人阅读史与批校文化的绝佳注脚。这些珍贵的批校手稿，若对其置若罔闻，束之高阁，使其价值不显，终是对古人“为书者，皆所为不行乎今而行乎后者也”的辜负。想到这里，我内心充满了干劲。不到一个月的时间，我便将其中两百余条批校进行了整理辑录。不过，由于钱陆灿晚年钟意草书，其在《周易本义》中载录的字迹也肆意潦草，这为我对书中批校内容的辨识增添了不少困难。我一边查阅草书字形表，一边请教文字学功力深厚的老师，才将大部分的字迹识读出来。这种对古书文字切磋琢磨的躬身实践，让我对古人批校文化有了更深层的认识。

“观书散遗帙，探古穷至妙。”通过对钱陆灿批校内容的深入整理，我发现钱氏的批校题跋中有诸多颇有诗意的日志式记录。例如，卷二下经末叶“丁巳九月二十七日，晴窗，墨笔对完”，卷四末叶“丙辰年七月廿日，雨色阴晦，理完《周易》一部，时年六五，铁牛居士识”。钱氏在记录读书进程的情况时，还会留意当时的环境。这些关于天气的颇具诗意的描写，在精密的校勘与勤勉的抄录中似乎显得格格不入，但却为书籍的流传增添了别样的意趣。这种学术研究中的诗意态度，似乎反映出钱氏并非将读书看作“埋首故纸堆”的苦差事，而是以一种闲适纯粹的心境，将读书与书写批校看作一种可以徜徉其中的生活体验，让这些静态的批校焕发出“赌书消得泼茶香”的知性与灵动。

令人称叹的是，从丙辰年（1676），一直到甲子年（1684），钱氏对此书前后批阅近八年，且考校精密，摘录颇丰，足见其用功之甚。或许是目睹了亲友子女离世想要疏解忧苦，或许是意识到自己已时日无多而发奋研读，无论何种原因，晚年的钱陆灿仍然皓首穷经，其覃思苦虑、孜孜以求的治学精神，不禁让人感慨良深。批校所传递给我的不仅仅是知识与资料，更是一种“立学为志，矢志于学”的笃学精神，以及在学术中寻找意义的人生态度。

托马斯·卡莱尔有言：“书籍中珍藏着过去时代的灵魂。”一次次翻看古朴的书卷，我似乎看到了钱陆灿等文人志士焚膏继晷、兀兀穷年的模样。整理古籍的过程，也是我们与古人对话的过程。那些书籍里珍藏着的灵魂，将其人生中最美好、最珍视的部分永远地留存在书页上，等待其价值重见天日。这也激励着我们，细细品读这些幸存天壤之间的苦心孤诣之作，不再让那些本该闪耀的吉光片羽尘埋于世。

居之无倦，行之以忠

《隋书·经籍志》曾言：“夫经籍也者，机神之妙旨，圣哲之能事，所以经天地，纬阴阳，正纪纲，弘道德，显仁足以利物，藏用足以独善，学之者将殖焉，不学者将落焉。”文献典籍是一代代先哲精神的缩影，具有不朽的价值。它虽然无法发挥目之所及的经世之用，却在更为广阔深远的精神层面，成为一代又一代人的滋养之泉，并行流不休。而在这个“世人熙熙，皆为利来；世人攘攘，皆为利往”的时代，坚守一隅安静的书桌，安坐于一条清冷的板凳，将这一方“活水”呵护好、传承好、发展好，将会是我们文献人践行不息的鹄的。

道之所在，虽千万人，吾亦往矣！

编者寄语

这是一篇散文，也是学记，读来有笔随情走、文顺心行之感。近距离地接触古籍、对话传统，使这些年轻人在绚烂如花的年龄段多了很多沉静和书卷气。尽管文字古雅晓畅、娓娓道来，但文章字里行间映射着信念的力量和意志的刚强。他们虽然是大学校园中的“学术小分队”，不以规模见胜，是“冷门绝学”的参与者，但是在大部头的皇皇巨著面前，又是一股绵亘不绝的储备力量，显示了热血青年的风采。他们对优秀传统文化的传承与发展，不是在客体关注、响应倡议的层面，而是身体力行的具身实践，那种在点校文献中的安静和坚毅力透纸背。

文脉悠远，与古为新

/ 段青丽

“求木之长者，必固其根本；欲流之远者，必浚其泉源。”中华文明源远流长、博大精深，是当代中国文化的根基，是中华民族独特的精神标识，是维系全世界华人的精神纽带，也是中国文化未来发展的灵魂。守护中华文化根脉，是对历史瑰宝的回溯，也是对中华优秀传统文化的开拓创新。习近平总书记站在增强历史自觉、坚定文化自信、实现民族复兴的高度，指出要“着力赓续中华文脉、推动中华优秀传统文化创造性转化和创新性发展”。“万物有所生，而独知守其根。”不忘本来才能开创未来。作为山大学子，我们要勇立时代之潮头，通古今之变化，发思想之先声，在对传统文化进行深入思考的过程中，汲取智慧，走向未来。

传承典籍，汲古润今

刘勰在《文心雕龙·时序篇》有言：“文变染乎世情，兴废系乎时序。”意即文学的发展会受到当时社会的影响，其兴衰与时代发展密切相关。反过来，文学也是一面观照历史与时代的镜子。承载文学与思想的典籍如同文明的“时光机”，是中华五千年文明发展的鲜活见证。纸页轻薄，却能承载文化厚重；书简脆弱，亦曾历经岁月沧桑。

“传千年之经义，燃万古之明灯。”古代典籍讲述着祖先们深邃的思想和无穷的智慧，记录着先人们的治国理念和处世之道。通过阅读古代典籍，我们可以“知先贤治政之本，知朝代兴废之由，知古人修身之要”，知道自己从何而来，为何而来，又该去向何方。当今时代，科技迅速发展，新事物层出不穷，人们在海量的短视频和碎片化阅读中迷失，我们的典籍被束之高阁，我们的文化逐渐蒙上了灰尘。到底什么是中国？如蒙曼教授所言：“禹划九州是中国，尧舜禹、汤文武、孔夫子、伏生也是中国，民为邦本、本固邦宁是中国，敦睦九族、协和万邦也是中国，有典籍才有中国。”相传孔子晚年编撰《尚书》，让上古美德流传于后世，后因战乱纷争，几经波折才传承至今。而在几千年书经传承中，伏生发挥了十分重要的作用，后人评价“汉无伏生，则《尚书》不传，传而无伏生，亦不明其义”。如果没有伏生的话，《尚书》不会被传承下来，即使传承下来，《尚书》的含义后人也无从得知了。作为儒学高等研究院的学子，我们应该向伏生学习，勇担赓续文脉的时代重任，做中华文化的传承者和创新者，让古代典籍在当今时代“活”起来。

“凿井者，起于三寸之坎，以就万仞之深。”山东大学人文学科历来有重视文献研究的学术传统，对于重要的典籍文献，更是要深耕挖掘，从“故纸堆”里寻找“新发现”。为了研究泰山文化，在导师叶涛教授的带领下，我们对《史记·封禅书》进行了深入的学习和研讨。《封禅书》是对泰山封禅最为系统的论述，封为“祭天”，禅为“祭地”，封禅是古代帝王在太平盛世或天降祥瑞之时祭祀天地的典礼，也是级别最高的祭祀仪式。为了将《封禅书》中的祭祀制度彻底弄清楚，我们常常需要在图书馆查阅各种不同版本的书籍。此外，我还经常利用籍合网查阅典籍文献，现在有大量的古籍实现了电子化，十分有利于我们的学术研究。每周的读书会带给我们的不仅是学习，更多的是思维的碰撞，我们会在阐释的基础上提出很多创新性的问题，例如通过比较不同典籍看陈宝故事如何流变，对“封禅非古”与“封禅之费非古”说法进行考辨等。

历史发其源，文化铸其魂。当今时代，各地的文化旅游产业、各类文化节目发展得如火如荼。从国家图书馆的《永乐大典》信笺、故宫博物院的《千里江山图》文具等文创产品广受欢迎，到《中国诗词大会》《典籍里的中国》《唐宫夜宴》等节目不断涌现，再到泰山、洛阳、西安等地文化旅游产业的爆火，这一切都离不开对典籍文化的深耕、挖掘和诠释。

卷帙浩繁的古籍典藏是我国五千多年历史中积累下的一座座文化山峦，承载着中华民族的文化基因、精神品格和价值追求。古籍是不可再生的珍贵文献，是中华文明的伟大结晶，时代越是发展，我们越要在古籍中挖掘宝藏，向下扎根，久久为功。“以古人之规矩，开自己之生面。”找到传统文化与现代生活的连接点，让书写在古籍里的文字活起来，让书斋里的研究被更多人看见，从中获得更深沉、更持久的精神力量。

以足为誓，躬身实践

“大丈夫当朝碧海而暮苍梧。”文化传承的足迹不只停留在书斋之中，还应印在祖国的万里山河中。徐霞客历经三十年行走，与自然为伍，以实证为言，最终才写成了被誉为“千古奇闻”的《徐霞客游记》。《史记》被鲁迅誉为“史家之绝唱，无韵之离骚”，同样离不开司马迁的实地走访考察。“二十南游江、淮，上会稽，探禹穴，窥九疑，浮于沅、湘，北涉汶、泗，讲业齐、鲁之都，乡射邹、峄；厄困鄱、薛、彭城，过梁、楚以归。”正所谓“读万卷书，行万里路”。文化传承注定是一条漫长的道路，需要我们躬身实践，以足为誓，丈量祖国的山河；以笔代心，助力文化的发展。

“岁月失语，惟石能言。”数千年的历史长河浩浩汤汤，我们感叹“逝者如斯夫”，幸而遗留下来的石刻文献如草蛇灰线般让历史有迹可循。赵明诚《金石录序》有言：“若夫岁月、地理、官爵、世次，以金石刻考之，其抵牾十常三四。盖史牒出于后人之手，不能无失，而刻词当时所立，可信不疑。”近人陆和九先生在《中国金石学》中亦指明：“欲考历代种族之区别，疆域之开拓，社会之习尚，文化之变迁，宗教之流传，均宜取资金石为佐证。”石刻文献可与传世典籍文献相互印证，大大增加了可信度。

泰山是一座石刻资料极其丰富的文化之山，现存石刻1800多处，其中碑碣800余块，摩崖石刻1000余处，具有非常高的历史文化价值。“纸上得来终觉浅，绝知此事要躬行。”为了研究泰山的民间信仰，我曾多次徒步攀登泰山，遇到石刻资料就停下来识读，拍照记录以备后续研究，每次攀登都需要10小时以上。沿途的石刻资料之丰富让人惊叹，历史已经湮没在了风烟中，唯有这些石刻资料记载着帝王、官宦、名流的足迹，诉说着封禅的恢宏和勒石的艰辛。在研读泰山相关的传世文献时，我发现有关真武大帝的记载，于是我以此为线索到泰山寻找相关的石刻资料，遗憾的是前几次都没有找到。后来我向导师叶涛教授和泰山文化学者周郢老师请教，两位老师提到泰山扇子崖有玄天上帝庙，在泰山游览路线之外，方得解惑。

除了在泰山上寻找碑刻，我还多次前往泰山支脉五峰山、灵岩寺以及泰山周边的村落寻找散落在民间的碑刻文献。经过风吹日晒，许多碑刻字迹已经非常模糊，需要用湿毛巾擦拭掉上面的灰尘泥土，趁碑刻还未风干，迅速拍照识读，或者夜间用手电筒照着石碑，利用光线变化来识读上面的字迹。因为平时需要在学校上课，所以田野考察多安排在寒暑假，恰是一年中最冷和最热的时候。田野调查的地点大多在村里，面临的困难非常多，像蚊虫叮咬、烈日暴晒、交通不便、吃闭门羹等问题已如同家常便饭。然而幸运的是，在泰山周边的村落中，我发现了大量的关于真武大帝的碑刻，可以在一定程度上证明真武信仰在泰山一带的流变和影响，收获的喜悦让我把调查过程中的困难抛在了脑后。

修志问道，以启将来

“国有史，郡有志，家有谱。”作为全面记载某一时期某一地域的自然、社会、政治、经济、文化等方面情况或特定事项的书籍文献，地方志具有重要的学术价值和现实意义。据《中国地方志联合目录》统计，保存至今的历代旧志有8264种。近年来不断有新的发现，实际数量已达万种，10万余卷，约占我国现存古籍的1/10。这份珍贵的文化遗产，在传承中华文明方面发挥着重要的作用。正如著名汉学家李约瑟所说，古代希腊乃至近代英国，都没有留下与中国地方志相似的文献，要了解中国文化，就必须了解中国的地方志。

国务院办公厅2015年8月印发了《全国地方志事业发展规划纲要（2015—2020年）》，国家“十三五”规划也提出“加强修史修志”，明确了地方志工作在“四个全面”战略布局中的重要地位和作用。习近平总书记曾指出，要“高度重视修史修志，让文物说话，把历史智慧告诉人们，激发我们的民族自豪感和自信心”。

“一邑之典章文物，皆系于志。”想要了解一个地方的风土人情，地方志是必须要查阅的。在研究生阶段，我参加了“中华后土文化与万荣后土祠研究”科研项目，主要负责后土史料卷搜集和整理，查阅了大量的地方志文献。后土文化是中华优秀传统文化的重要组成部分，万荣后土祠建于汾河入黄河处，是中华后土文化起源地，相传轩辕黄帝曾在此扫地为坛祭拜，因而被誉为华夏祖祠。从汉代至宋代，历朝皇帝先后 24 次在万荣汾阴祭祀后土。中华民族的先民一直在此祈祷风调雨顺、五谷丰登、身体康健、绵延子嗣，风俗延续至今。系统地整理与后土文化相关的地方志，有助于了解后土信仰在民间的发展和影响情况。弘扬后土文化，讲好中国故事，有助于厚植民族情怀，延续千年文化血脉。

2023 年 9 月，应山东省济宁市鱼台县之邀，山东大学儒学高等研究院民俗学研究所硕博研究生在刁统菊老师和刘晨老师的带领下，赴鱼台进行田野调查。鱼台县是孝贤文化的发源地，历来被誉为“孝贤故里”。“五里三贤”闵子骞、樊子迟、宓子贱的故事代代流传。孝贤文化是中华优秀传统文化中的精华，传承孝贤文化对建设和谐社会有重要意义。我们的田野调查涵盖各村村落概况、宗族、生产生计、人生仪礼及心理、民间传说故事等内容，最终形成近十万字的地方志资料。正如卜宪群老师所说：“一部地方志就是记载一方水土之上的人和事，就是一方人的精神家园，从中能够读到区域的变迁、生命的阅历和故乡的情怀，延续了这些共同记忆也就留住了乡愁。”盛世修志是中华民族传续数千年的独特传统，地方志是前人实践活动和智慧经验的结晶，能够服务当代，垂鉴后世，是一座堪存堪鉴的文化宝库。

“古老的种子，它生命的胚芽蕴藏于内部，只是需要在新时代的土壤里播种。”一个国家和民族的精神血脉，既需要薪火相传、代代守护，更需要与时俱进、勇于创新。把祖国宝贵的文化遗产保护好、传承好、发展好，对赓续中华文脉、弘扬民族精神、增强国家文化软实力、建设社会主义文化强国具有重要意义。《荀子·修身》有言：“道虽迩，不行不至，事虽小，不为不成。”文化的传承与创新任重而道远，我们要在推动中华优秀传统文化“两创”中绵绵用力，久久为功，让收藏在博物馆里的文物、陈列在广阔大地上的遗产、书写在古籍里的文字都活起来，不断增强文化的认同感和凝聚力，讲好中国故事，传播好中国声音，阐释好中国特色，守住中国文化的根与魂。

编者寄语

有理论、有实践、有思考，作者对待中华优秀传统文化的态度，值得很多人学习，在科研参与中逐渐历练习得的踏实、严谨、求真的治学精神能陶冶一代青年“腹有诗书气自华”的气质和坚忍不拔的意志。“人能弘道，非道弘人。”年轻人汲古润今、修志问道、躬身求学的信念和行动，是中华优秀传统文化创造性转化和创新性发展的不竭动力。

在文化基因的浸润中成长

/ 蒲芊卉

一

2019 年秋天，我怀着对文学的憧憬踏入山东大学，进入文学院学习。

我本科所修专业名为中国语言文学，不了解的人都以为这等同于文学系，搞写作的，实际情况与之相差很远。文学固然很重要，但我们还要学习语言学、文字学，这些专业内容则不那么被大众熟知。后来，在丰富的课程中不断触及中国语言、文学的广博底蕴时，我多次受到震撼，深藏在心里的中华文化基因也被唤醒了。

杜泽逊教授给文学院大一学生教授一门“修身课”。我记得课堂上杜老师找同学读了一段繁体字文章，然后悠悠然地说：“如果中文专业的学生都不认识繁体字，就太说不过去了。”有人可能会说，繁简转换点点电脑几分钟就可以解决，何必大费周章？

杜老师却郑重强调，其一，繁简转换太过机械，一繁多简并不能识别；其二，这是中文系学生的基本功，阅读原典最起码要识读繁体，这上面可省不得力气。从那以后，我认真识读繁体字，在手抄过上百首繁体诗词后，读写起来也算没有障碍了。

学文学的人几乎都对《红楼梦》感兴趣。所以，大二的时候就有超过半数的同学选修了《脂砚斋重评石头记》的导读课，我也是其中之一。课上，李桂奎教授询问大家中国三大显学都是什么。当时我只知红学显赫，其余则不甚了解，课后便去查，原来甲骨学、敦煌学和红学并称20世纪中国三大显学。查起相关资料时，我忽然回想起杜老师曾经在课上随手拈来《诗经》里一句“窈窕淑女”，借着当时安大简的研究成果讲竹简上“窈窕”甲骨文写作“要翟”，读为“腰嬥”，意思是腰好，可以解作身材匀称美好。行文至此，又想起一位热爱研究甲骨文的同班张姓同学。我大四时偶然参与杜老师主持的“《永乐大典》存卷综合整理研究”项目，做一些文献整理的工作，在大典当中见到许多生僻字，后缀数个书法字体，有个字实在生僻，连同组的文献学同学都不熟知，后来他们说问了张同学才得知此字乃异体字，《说文解字》中即有记述。我们几个直呼张同学“神通广大”，老师们谈起张同学，言辞之间也全是对中华文字文化得有人才传承的快慰。

其实，这两件小事点醒我的不仅是要学习繁体字，也不仅是要多查资料，而是让我切实意识到我身上所当背负的文化传承的使命。我们就是学这个的，尚且还一知半解，又如何向别人介绍、如何使他人感受到中国传统文化的美呢？文化传承的使命是每一个国民理应承担的，而作为中国语言文学专业的学生则应该更加清醒、主动地去传承和传播。几年来，我逐渐填补着在中华传统文化方面的知识空白，也暗下决心，要为中华文明的传承添砖加瓦。

二

前一阵子，蒋凡先生古诗词吟诵会在山东大学中心校区举办，由青岛八骏乐团伴奏。吟诵会上，诗词之美那么切实地流淌在了声音里，在所有人的脑海中共鸣，余韵悠长。当时我很庆幸我们还没有遗忘诗词之美。写诗词好似是我们专业的必备技能，诌上两句打油诗或者精心按照韵部填上一首词，都还不算难。我大一学《诗经》，彼时刚离乡求学，思乡意浓，读几首小诗便归思满怀，仿《诗经》体例作了首《思归》，寒风阴凉中，以梧桐比兴寄托思归之心，颇带伤悲之意。大二学了平仄和古韵部，课上应孙老师鼓励作了第一首小诗，更追求起押韵和形式美，偶然路过图书馆旁的小道，闻得一种不知何名的小粉花香气馥郁，霎时雨后秋风也不觉寒凉了，便得了一句“道里无风香自远，细雨轻烟不觉寒”，倒也得意了几日。大三修读稼轩词，最喜爱“明月别枝惊鹊，清风半夜鸣蝉”，也仿着作了几句，填了首《西江月》，后来又填了首《踏莎行》，其中一句“朝朝暮暮常欢喜”就是我当时最真诚的愿望了，又知道“无穷都在逍遥地”，心里更有所期盼，有所寄托。这些诗词歌赋见证的是我学业上的精进，也陪伴着我在济南求学的时光。翻看几年来的创作，倒也可以看出一些心迹的变化。

在山大，也不只是文学院在传承这些中华文明精粹，历史、新闻、社会学、哲学等领域的学者、学生都在自觉传承中华文化。我曾修过一门课程叫“中国符号的转化与写作”，所有专业的学生都可以来选，课上有不少纯理科、工科的学生。还记得课程作业是将茶、中华传统服饰、酒等能代表中华文化的符号融入创作，或写小说，或写散文，很有乐趣。后来我观摩了很多同学的作品，大家选取了很多不同的文化符号，足见中华文明的广博。这些作品文笔成熟，有些颇有条理，有些则很有想象力，特别是对文化符号的解读皆很到位。

文明的传承与创新也不只是在纸上做文章，它更需要实践行动。在我所知道的社会实践项目中，与中华传统文化相关的项日所占的分量很大。有一年暑假，一位对石窟文化颇感兴趣的广东同学邀请我们几个河南籍的同学一起，做了一项河南境内石窟保护情况的调研，随项目写了很多石窟文化的普及文章，都发布在我们创立的公众号上，收获了不少阅读量。后来我们又到龙门石窟去看、去调查，拿专业软件去分析，做了调研报告，现在也觉得很有意义。唯有一点遗憾是当时技术不足，龙门石窟尚未得到数字化呈现，但到今年就已经有幸得见龙门石窟数字化修复的影像，领略了石窟造像应有的风采。学弟学妹们也热衷于做文化类的项目，有的远赴江西省宜春市铜鼓县发掘传承客家文化，有的深入临沂沂水地区进行田野采风搜集民间文学资源，有的专程去与鲁锦非遗传承人进行访问、交流，还有的前往济宁、曲阜等地展开儒家文物相关调研……我们这些学生的力量固然微薄，但同样是文明传承中重要的、不可或缺的一部分。

山大是一座文化底蕴深厚的高校，我们学子深受其熏染。学校支持我们组建了很多传统文化社团，并时常举办一些相关的活动，文明的传承与交流逐渐融入我们的日常生活。山大还有很多传统文化课程对学生免费开放，我饶有兴致地报了数个，冬天里骑着自行车跨校区去上课也不嫌累。去中国书法课上练笔、临摹欧帖，在中国画的课堂上画梅花扇，还能品茶、点香、学琴。

很多同学爱穿汉服，有人以为年轻的男孩女孩只是爱美，其实他们对汉服文化颇有研究，也颇有传承之心。与我同级的刘同学毕业典礼时穿一席襦裙，衣袂摇动，簪花玲珑，惊鸿一瞥，古代女子和传统衣饰的柔美便具象化了。

我曾感觉时代走得太快了，好像就快要来不及一点一点把传统文化传承下去了，我们着急过，迷茫过，如今，我们又找准了方向继续航行。在点滴中，我感受到了青年一辈强大的文化自信。中华文明是世界历史上唯一持续、没有中断的文明，五千多年的文明正是在一代又一代青年身体力行地传承和创新中积淀和发展的。我们愿为源远流长、博大精深的中国传统文化的传承贡献山大力量，并以此为荣，以此为傲。

三

文明交流互鉴的命题并非与我们的生活遥不可及，从小处说起，我们校园里就充满着各种文化的交融。

这几年，我陆续结识了不少外国友人，接触到不同种族和国家的文化。大一时，我发现学校里的外国留学生也喜欢参与社团活动，让我有点惊讶。中国画的课程上，我认识了一位来自法国的研究生学姐，她在洪家楼校区学艺术，中文还不是很好，我们经常用英语交流。即使语言上不是特别通畅，也没有阻碍她学习中国画。我还因为练习跆拳道结识了两个在国际教育学院读书的学长，一个叫冬冬，一个叫唐莎，他们来自泰国。一起练习跆拳道后，我会带他们去吃上一顿热腾腾的火锅。火锅可以说是中华美食的文化缩影，我给他们讲火锅文化，他们也给我讲泰国的芒果、糯米饭和烤猪尾巴，还分享给我挑选榴梿的技巧。现在他们已经回国了，但我们还有联系。我时常看他们的朋友圈，了解他们在自己的国家所过的生活。我们也常常给对方推荐本土影视作品。这种民间交流是生动的、充满活力的，也是互相尊重、以心换心的。

在与外国朋友的交谈和相处中，我能感受到我们的文化有许多相通之处。听他们说泰国的华人很多，在泰国总人口数中的占比居然超过一成，华裔就更多了，到网上一查，据说已经在泰国总人口数中占到了四成。在长期的交往当中，两国的文化已经得到深入的交流。而且，泰国的中文学习者数量也很可观，很多泰国学生选择来到中国留学，因此我才能有机会结识这么多可爱的朋友。这些活动很微小，但无数不起眼的小活动，可以熔铸成文明交流互鉴的大版图。

而从更高层面去看，因为所学专业，我也特别关注海外华文文学、文学的海外传播等。海外华文文学是中华文化外传以后，与世界各种民族文化相遇、交汇开出的文学奇葩，而百年中国文学的海外传播更是中华文明影响力提升的重要标志。在这些文学作品的产生及传播过程中，我们可以看到海纳百川、兼收并蓄、和而不同的中华文明具有强大的包容性，也在与不同文明的交流互鉴中激活了更多文化基因。除此之外，孔子学院在全球的开设、世界遗产文化大会、尼山世界文明论坛、文明交流互鉴对话会等文明交流互鉴的平台越来越多。有目共睹的是，政府、高校、学者等社会力量也在推动教育、科学、体育、旅游、卫生、考古等领域的交流互鉴，不仅追求中华文化走出国门，更希望各种文化之间能够平等对话。

毋庸置疑，文明交流互鉴塑造了当今世界的文明版图。我很喜欢一首歌曲，其中有两段歌词是这样写的："不同的肤色一样的出色，相互尊重不分你我高下。不同的文化酝酿出神话，何必再一味地相互糟蹋。我梦想世界的任何一个角落，都有孩子们跳着欢快的桑巴。和平与爱的信念在我心中永远高大。"不同民族、不同文明多姿多彩、各有千秋，没有优劣之分，只有特色之别。每种文明都有其独特的智慧和财富，而文明的相互交流可以消除误解和偏见，取长补短，共同进步。

攻读硕士学位期间，我选择继续在中国文学领域学习。我也衷心地勉励自己，希望能够依托所学专业，为延续民族文化血脉、推进文明交流互鉴尽一份绵薄之力。

编者寄语

文化传承和文明交流互鉴是非常重大的时代课题。而这篇文章的可贵之处就在于，作者把宏大的时代课题与自己身边的诸多生活细节联系了起来，并在这种联系中充分体认了时代课题的现实意义。无论是她自己学习写古体诗，还是她与外国留学生之间的交流互动，都充满了鲜活的气息，画面感十足，代入感强，增加了读者对文化传承和文明交流互鉴的感性认识。当然，作者之所以能捕捉到如此动人的细节和情境，是因为她是一个有心人——拥有细腻的感受力和探究思考的意识，这也是一个人能与生活和文化对话的基础。

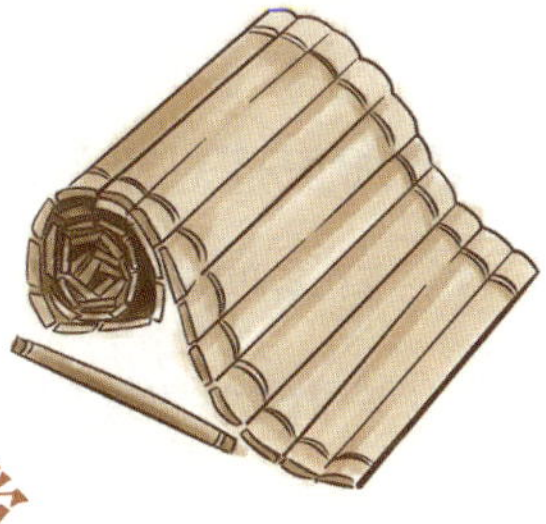

温情的理解，鲜活的感受

——文化传承与文明交流中的体悟

/ 牟竑励

中华优秀传统文化对人的塑造是方方面面的，是潜移默化的，是日用而不知的。我们身边的许多传统习俗和道德，包括孝道、礼仪、尊师重教、爱国敬业等，都应属于优秀传统文化之列。所以在我看来，文化传承不一定需要做专业的研究、阅读大量的文献，只需要做一个合格的中国人，自然就是在传承中华优秀传统文化，自然就会向世界展示中国人的修养和积淀。正如虞云国先生所言：“中国传统学问，本质上是一门‘人学’。”无论是修齐治平的儒家理想，还是逍遥坐忘的道家哲学，其根本都在于对人的塑造。

而就我自身而言，在传统文化对我的塑造方面，最令我感到荣幸的一点，是“感受这个世界的能力”。优秀传统文化赋予我突破时间与空间限制而与古人共情的能力。

在阅读居延汉简时，我曾读到一份被命名为《建武三年候粟君所责寇恩事》的册书，其中讲述了一个完整的故事。西汉一位军官名叫粟君，委托一名六十六岁的平民寇恩去外地替他卖鱼。一开始约定卖出五十条鱼，需要卖得四十万钱，粟君用一头牛和二十七石谷作为支付给寇恩的酬劳。结果到了外地，寇恩发现当地的鱼价比他们约定的价格要低很多，卖出五千条鱼远不足四十万钱。因此，纯朴的寇恩将作为自己酬劳的牛卖了，又将自己的物品作价赔偿给了粟君的妻子，还购买了肉和大麦等物品作为赔偿。不仅如此，寇恩还把自己儿子捕鱼的工钱，共二十石谷子也一并用来赔偿。经过一系列的偿还，寇恩给粟君的钱财比一开始二人约定的四十万钱还多出了两万钱有余。而委托人粟君，非但没有退回超出部分，还反告寇恩私自卖掉自己借他的牛。

此事所涉及的原告、被告分别是一名与县令平级的高级军官和一名普通的平民。我初读到此处时，心里认为在身份如此悬殊的情况下，普通人寇恩没有任何胜诉的可能。但事实却出乎我的意料，在经历曲折的审理过程后，县衙最终证明粟君控告不实，并还寇恩以清白。在封建的汉代社会，这个判决结果背后，是基层官吏为了司法公正所默默作出的努力。原来在千年以前，中国人追求公正法治的种子就早已埋下。

像上述册书一样完整的记录在居延汉简中十分罕见。因为是出土文献，经过岁月无情侵蚀后的居延汉简以一支一支的断碎形式呈现在世人面前。有时候一句话都不一定完整，关键信息被岁月磨损而不知所云。但是我们从残编断简的缝隙中依然可以看到一个一个努力生活的普通人的身影。可以看到某人某日因功升迁；可以看到普通戍卒日复一日的琐碎工作；可以看到他们生病了，家人前来探望；也可以看到他们请假回家探望家人。从汉简中可以清晰地看到他们也会像我们一样盼望假期，像我们一样爱好音乐或是美术。他们和我们一样有血有肉，一样过着平凡而灿烂的一生。

我们还可以看见，汉帝国依靠一层又一层的公文传递而运转——天子的政令通过层层转发而下达到每一个普通人，基层的信息也通过公文汇集于最高决策者的案头。文书传递的邮路就好比无数的血管，共同连接着首都这颗心脏，九州共贯的脉搏怦怦跳动。千年前的中国，就拥有如此伟大而精妙的行政机器，而组成这部机器的，是一个个平凡而伟大的中国人，是兢兢业业的刀笔吏，日夜兼程的驿使。我时常会想象这样一幅画面——狂风呼啸，大漠黄沙，一望无际的沙漠中有一个艰难移动的小点。是驿使，他背后背着一杆小小的红旗，怀里抱着的，是装着公文的木匣。或许他并不知道公文里具体是什么，或许是上级下达的命令，或许是下级上呈的汇报，或许这封信决定着军队的调度、千万人的命运。他的使命是将信安全送到，日复一日，仅此而已。在这幅员辽阔的土地上有无数个他，无数个他绘出了万里山河锦绣，谱写了波澜壮阔的史诗。正如习近平总书记在2024年新年贺词中说："辛勤劳作的农民，埋头苦干的工人，敢闯敢拼的创业者，保家卫国的子弟兵，各行各业的人们都在挥洒汗水，每一个平凡的人都作出了不平凡的贡献！人民永远是我们战胜一切困难挑战的最大依靠。"越读历史，就会越深爱这每一寸土地上的每一个人。

传统文化中不仅有韩柳文章李杜诗，也可以看到平凡人的告白。靖康之变后，南宋偏安，大片的北宋故土被金国占领，大量背井离乡的人怅然北望，至死难归。曾在一方墓志中读到，作者的父亲曾在去世前对他说："我是秦地人，心里时时不忘的就是故乡。我死后不要把我埋葬，待数年后朝廷收复失地，只需用一匹马驮着我的骸骨，把我埋葬到祖先的身侧。我曾经看过关中的土地，一定要把我葬在那里，那儿是我的故乡呀。"看到此处的我心情难以平复。这种感觉与在诗词中看到"家祭无忘告乃翁"不同，这是一个人用质朴甚至笨拙的语言向儿子表达自己心底最深处的愿望，这是他此生最后的愿望——由一匹马背负着骸骨，回到祖先的身旁。这或许又是后见者的悲哀，因为我知道没有"王师北定中原日"，这位父亲的愿望没有实现，他最后还是被葬在了他乡。儿子何其不孝，竟不能满足父亲最简单的"回家"的愿望；儿子何其无奈，他又何尝不想"回家"？

五千年历史塑造了中国人对"家"的无限依恋，越深入研究传统文化，越能明白中国人流淌在血脉中的乡愁。岑参有诗"枕上片时春梦中，行尽江南数千里"。初看不觉，但在读完那方墓志后，再来回味岑参的梦，意蕴无穷。那位父亲又何尝没有做过岑参一样的梦呢？在片刻的梦里，恨不得抚摸家乡的每一寸土地，恨不得亲吻故乡的每一股涓涓细流。

历史的奇妙还在于后见之明，在一次次的巧合和遗憾中也充满了诗意。岑参的梦里行尽江南，墓志中父亲的梦里行尽的是关中和塞外。一个南望，一个北望，都想"回家"。我时常会胡思乱想，他们的目光是否会在北望和南望时互相交汇？他们在梦里是否会相遇呢？思及此，不由感慨宇宙的浩瀚，时间的奇妙。宋朝灭亡后，南宋遗民林景熙避居山中。他在山民家投宿时偶然看到这家人用纸糊的窗子，有一处用的竟然是一封奏请南宋皇帝防御元蒙秋天入侵的奏章，因而写下诗句“何人一纸防秋疏，却与山窗障北风”。今天的我们已经很难共情林景熙当时的心情了，亡国之后再看到旧国的奏章，内容竟然还是警醒当时的皇帝防患于未然。林景熙所处的已经是奏章中所描绘的未来了，奏章里为警醒皇帝所用的“恐吓”之语都已经变成现实。旧朝无人在意的醒世之言，变成了新朝同样无人在意的糊窗旧纸。这种历史的纵深感，这种跨越时空的对话，很难不让人动容。

甘肃成县有一块南宋时立的碑，其碑文为：“时金人方盗，至两河及秦陇。成纪在北，同谷在南，每为战场。统制王公来守是邦，虏更不敢犯边。兰皋厍彦威书此，备他日之览焉。”这段所说的是，作者立碑处在宋金战争中几次易手，而新上任的将领很厉害，所以作者在此立碑，等以后再来看看此处到底是金国还是宋国。这大概就是古人有意识地参与历史的时间跨越，有意识地融入“后见之明”吧。

今天的我们，不也身处在历史纵深之中吗？对历史最好的继承就是创造新的历史，对人类文明最大的礼敬就是创造人类文明新形态。因此，就我们青年学子来说，认认真真地在历史的宏大叙事中做好一个普通的中国人，就是对优秀传统文化的传承。中华文明不只藏在肉眼可见的遗产中，更流淌在每一个平凡中国人的血液里。“鉴往”的目的是“知来”，五千年的积淀赋予的中华民族丰富而细腻的感知力，不正是一种拥抱当下生活、感受生命之美的能力吗？快乐而坦然地做好自己，是对祖先最好的继承。

编者寄语

作者善于以小见大，从居延汉简着笔，通过汉简的记载，复原了西汉时期的一个案件。之后又通过南宋墓志生动地诠释了中国人的家国情怀。最后观照现实，写出实实在在的体悟：“就我们青年学子来说，认认真真地在历史的宏大叙事中做好一个普通的中国人，就是对优秀传统文化的传承。”整篇文章材料取舍精准、得当，行文逻辑缜密，既有对历史的温情，又有对现实的真切思考。

切磋琢磨继斯文

/ 刘妍洁

研究传统文、史、哲的人或许都曾有过这样的困惑：理工科的同学毕业从事科技、工业建设，为祖国的经济建设事业添砖加瓦；医科的同学救死扶伤，悬壶济世，挽救人民的生命；学政治、管理的学生为政策的施行、制度的运转建言献策，商讨国家运行的大政方针。那我们文、史、哲人的归宿是什么呢？我曾为寻找自己的专业研究方向——古代文学研究的价值与归宿而苦闷不堪，但是在一番挣扎与向外求索之后得到了答案。我们或许确实不能直接为经济建设作出贡献，但是人民不仅有物质需求，还有精神需求。中国古代文学凝结着“天行健，君子以自强不息”的辩证思维与智慧，积淀着中国人“士不可以不弘毅，任重而道远”的责任感与担当精神，承载着中华民族“路漫漫其修远兮，吾将上下而求索”的顽强不屈、上下求索的民族精神。古代文学、古典学术是我们民族精神智慧的产品，为塑造民族性格、建立文化自信提供了取之不尽、用之不竭的精神动力。作为古典学术的继承者，我们应该饱含热情，以“赤子之心”追寻学术的价值与意义，挖掘有利于民族文化与精神建设的宝藏。

“珠还合浦，历劫重光。”《永乐大典》的回归与再造深深牵动着每一位古典学人的心绪。我有幸参与了杜泽逊教授主持的“《永乐大典》存卷综合整理研究”项目，得以一睹此“万书之书”的真容。该部类书在明朝永乐年间成书，全书近三亿七千万字，皆由书手们一笔一画抄写出来，对于名物器什、山川地形等绘有图形，所绘之图，全用白描手法，力求形态逼真，精丽工致，观赏、审读这些图形与文字，何尝不是与古人来了一场跨越时空的对话呢？在没有互联网检索的时代，《永乐大典》“以韵系字，以字系事”的编排方式无疑为人们检索翻阅文献提供了便利。同时，一些佚失的书通过《永乐大典》得以流传，又被后世学人辑佚重编，冠上“大典本”的头衔。时至今日，《永乐大典》仍能被学人们作为查阅资料的参考书目。《永乐大典》对保存文献与提供资料参考有着极其重要的价值，上至天文历法，下至黎民百姓，囊括宇宙，总揽万物，无所不载，实为“百科全书”。然而令人痛心的是，《永乐大典》命途多舛，成书后屡遭破坏，散佚至不足全本的4%。书籍纸本的散佚固然让人惋惜，其中所蕴含文明成果的流失更是让人扼腕。杜老师曾说：“医生救的是人的命，我们救的是书的命。”古籍中承载着古人的情感与智慧，我们可以通过阅读去感知与体悟。为古籍续命，不仅在于修复纸本与物质本身，更重要的是精神的传承。

温习经史，我们常常能从中获得现实观照，汲取精神力量。

“《四书》导读”是尼山学堂的必修课，四部经典中蕴藏着民族性格的文化基因，教化、滋养着世世代代中国人的灵魂。“大学之道，在明明德，在亲民，在止于至善。”《大学》“三纲领”成为后世知识分子的人生信条。以此为人生目标，虽不能至，心向往之。“有匪君子，如切如磋，如琢如磨，瑟兮僩兮，赫兮咺兮。有匪君子，终不可谖兮”，君子治学修身要像修饰玉石骨器一般精心雕琢，“有匪君子”的高雅形象也为不少士人所效仿。至于《论语》中的为政、为孝之道，放至今日仍可供参考。一年前，我因病住院，看着爸爸妈妈为我忙前忙后，除了热泪盈眶，我想到的还有《论语》中的那句“父母唯其疾之忧”。此刻，经文成了连接我与古人的纽带，原来我也可以与古人在情感上同频共振。孔子在《论语》中对“孝”多有阐发，孝敬父母等同于供养父母吗？并不见得，“今之孝者，是谓能养。至于犬马，皆能有养，不敬，何以别乎？”那对于父母的错误，我们该如何纠正呢？“事父母几谏。见志不从，又敬不违，劳而不怨。”孝顺父母是一个永恒的话题，《论语》中的箴言为我们提供了借鉴，为我所用，岂不乐哉？古典学术与我们的日常生活是紧密联系的。“弟子入则孝，出则悌，谨而信，泛爱众，而亲仁。”孝、仁、礼的思想贯穿传统学术与思想的始终，是不朽的话题。中国古代经学与文学并非是普通民众不可攀的高峰，其中蕴含的大道与百姓的生活息息相关。《中庸》曰：“君子之道费而隐，夫妇之愚，可以与知焉……夫妇之不肖，可以能行焉。”中国古代的学术充满了人文情怀与现实观照，具有很强的亲和力。

“我们从古以来，就有埋头苦干的人，有拼命硬干的人，有为民请命的人，有舍身求法的人……这就是中国的脊梁。”中国脊梁的精神、中华民族的精神在文献典籍的记载里熠熠生辉，代代传承，激励着一代又一代的中国青年。屈原忠君爱国，“虽体解吾犹未变兮，岂余心之可惩”的忠贞与决绝千年以来被传颂不绝，不同流合污、视死如归的精神映照史册。每次阅读《苏武传》，都会给我带来新一轮的震撼，物质不灭，宇宙不灭，唯一能与苍穹相比的是气节。屈原与苏武都是坚定的爱国主义者，名垂千古，供后世瞻仰。《周易》曰：“天行健，君子以自强不息。”《离骚》云：“路漫漫其修远兮，吾将上下而求索。”早在上古时期，我们就孕育了自强不息的精神基因。《尚书·尧典》提到：“克明峻德，以亲九族，九族既睦，平章百姓，百姓昭明，协和万邦。”此时已经有了团结友邦的思想。《孙子兵法》是中华兵书之最，享誉世界，孙武主张“慎战”“不战而屈人之兵”，热爱和平的思想深深镌刻在中国人的骨子里，影响至今。

中文专业不仅开设了中国古代文学、文论与古代汉语一类有关中国古典学术的课程，还兼开外国文学、西方文论课，课下时间我也会阅读一些外国读物，加之身边也有不少同学从事西方哲学、文论或是语言学的研究，我对西方的学术与思想也有了解。二十世纪以来，西方学术传入中国并且影响逐渐深入。这种现象有利于我们了解西方文学及学术的真相，同时也为我们观赏、研究本国的学术提供了一个独特的视角，正所谓“他山之石，可以攻玉”。张之洞《书目问答》有云：“由小学入经学者，其经学可信；由经学入史学者，其史学可信。”经学是中国传统学术的核心，士人入仕登第要考查对四书五经的掌握程度，皇帝治国理政要瞻仰圣王，向文武周公看齐，所谓“通经闻大道”。“经学”如此重要，该如何通经呢？那便是要求助“小学”了。中国传统小学大概分三类——文字、音韵与训诂，可以说就是中国传统语言文字学。后来西方语言学传入中国，有异于传统音韵训诂文字之学，重语法与句子成分的分析风格让人耳目一新，为我们自己的语言学研究提供了一种新的思路，这是语言学上的借鉴。西方重视理论，因此与文学同步发展起来的，还有文学理论。借助近代西方的文学理论，可以一定程度上帮助我们理解中国文学的独特性。但就实际上来讲，中国文学有自身的成长环境与发展特色，只有从中华文化本位的视角去理解、体悟中国文学，才能看到真正的中国文学。用当下的话来讲，我们应当坚守中华文化本位，同时借鉴一些可用的外来成果，以我为主，为我所用，达到文明互鉴的效果。

中华文化向来开放包容，求同存异，具有天下情怀与四海一家的价值观，学人对于学术的研究也应当以我为主又开放包容。文明互鉴不仅要“引进来”，还要“走出去”。在国际社会上传播中华优秀传统文化，有利于展示中国亲和可爱的形象，结交更多的朋友。世界范围内学习中文的人越来越多，孔子学院遍及全球，中国菜肴丰富了不少外国友人的味蕾，中国传统服饰被带到国际秀场上展示，赢得阵阵欢呼。

中华优秀传统文化的传承与发展，伴随着与世界文明的交流互鉴。作为古典学术的学习者与传承者，我们更应该承担起传承与传播优秀传统文化的责任，同时坚守中华文化立场，做有温度、有情怀的继承者与创新者。

编者寄语

“经典永流传”是因为代代学子的研习与传承。阅读经典需要兴趣的激发，更需要信念的坚守和责任的持守。作者具有“天下兴亡、匹夫有责”的使命感，从自己的专业出发，从课堂联动社会，从读书联动价值与意义，其对传统经典之深情，贵乎其真；其思考文明互鉴之体悟，则有待探幽而发微。

愿受一廛为书氓

——记与文史楼的点点滴滴

/ 缪思有

自 2022 年入学尼山学堂以来，我生命中最珍贵的回忆都绕不开那座砖红色的小楼。“山大有片林，林西有座楼……”山东大学以文史见长，坐落在校园西边的文史楼承载着山大的独特内蕴和文化情愫。如今的文史楼，二楼进行着日本藏中国古籍总目、《永乐大典》存卷综合整理研究、十三经注疏汇校等项目，三楼则分布着考古学院的各研究室。无论是古籍整理，还是考古研究，文史楼都承载着文化传承与发展的重要使命。

我与文史楼的缘分，还是自进入尼山学堂始。初入学堂，相较同窗诸君，我属实是基础欠缺、资质平平，自知应当勤勉读书，常问常思，却又不知如何努力。处于迷茫之中的我便前往文史楼拜访了学堂的班主任杜泽逊老师。这是我第一次来到文史楼，也是第一次与老师交流长谈。杜老师细致耐心地为我讲解如何读书、如何学习等问题。虽过去一年多了，但我现在还记得老师拿出一张纸，慢慢地从“注”“疏”这样的基本知识讲起，再讲到《论语注疏》《论语集注》《论语集释》《论语正义》《论语译注》等各自著述的特点、学派等，甚至连如何看书、看书之先后、如何对照着看、需要反复精读的书和查阅类的书如何去读这样细致的内容都倾囊相授。老师讲前人做学问功夫之深、态度之严谨，在我的心中埋下了学术的种子。与老师的长谈，拨开了我心中的迷茫，也让我深感吾辈所受期望之深、肩上责任之重。为往圣继绝学，应是所有尼山学子心存之志。

这是我与文史楼的第一次相遇。从此以后，文史楼成为我心中的圣地，只要踏入其中，我就能够心绪安定，潜心钻研。我想，这是因为知晓了肩上之责任、师长之希冀、先辈之坚守。虽自知本非高世之才、聪慧之人，但至少笨鸟应学会先飞。

2022年的暑假，我作为尼山学堂新生中的一员加入了“日本藏中国古籍总目”项目。我被分配做《九州大学文学目》和《风陵文库》的录入校对工作。日藏项目是我参与的第一个国家项目，初出茅庐的我们得到了老师和师兄师姐们的许多帮助。那时，由于缺乏基础知识的储备，我的工作速度总是稍慢一些，也总是向师兄请教许多琐碎的问题。在线上参加项目工作，师兄总是发来长段的语音耐心细致地为我解答问题。虽然是录入校对工作，但在此过程中我第一次真切地了解到古籍的面貌，形成了基本的认识。师兄师姐们严谨耐心的态度，以及对于集体工作准确性、细致性的把握，都令我感触很深。在后续参加的项目里，我慢慢学着师兄师姐们的样子，尝试有条不紊地把手里的每一件事做得妥帖稳当。

集体项目的工作离不开总体的统筹规划与每个同学的准确落实。在统筹阶段，老师和师兄师姐们就讨论制定了工作办法以及工作流程，确定了每个录入校对小组内部需要交换三次审核，然后再交由小组长核查。这意味着，如果自己负责的录入校对不严谨，或是审查不仔细，后续的审核同学、小组长以及老师都要付出额外的时间再次进行修改和整合。每个人的工作都至关重要，每个人都会影响到整体的准确度和工作效率。在日藏项目工作的经历使我养成了在学习与工作中耐心细致、有条有理的习惯。

2022 年 9 月，我加入了“《永乐大典》存卷综合整理研究”项目组。在大典处的日子是对我影响最深的一段时光。每天骑着单车，吹着微风，穿过校园，踩着落叶去往文史楼的路途，也成为我最舒畅惬意的记忆。

我的师兄师姐们总是从容不迫地处理着工作期间的各项问题。我的前方有太多优秀的榜样，我追赶着他们的脚步，不知不觉间，也已在大典处工作一年多了。文史楼成为我在学校中除了教室待得最多的地方，成为了我的港湾。老师总是称呼我们大典组为“永乐诸君”，我在大典处工作的日子，与“永乐诸君”一起奋斗的日子，是我人生中最为充实而快乐的时光。

正是在“《永乐大典》存卷综合整理研究”项目的工作中，我正式迈入了学术研究的大门。我第一年的学年论文，也是人生中的第一篇学术论文，就是在大典处工作的过程中确定选题的。在我迷茫无措之时，杜老师建议我可以多来大典处看看，或许会有收获。于是，在那段时间里，我一下课就奔向文史楼，去翻看在工作时未仔细关注的《永乐大典》所载录的内容，时时记录，常看常新。最后在分书工作时，我对《永乐大典》存的一本名为《启劄云锦裳》的文献产生了兴趣，展开了进一步的整理研究。《启劄云锦裳》是一本早已亡佚，依赖《永乐大典》所流传下来的诸多书籍之一。它通过《永乐大典》来到我的眼前时仅残存两卷了，我接过了小小的它，试着用我所学去保留住它的样子，了解它的时代、它的过往。我首次撰写论文的过程实在是磕磕绊绊，但我真切地产生了快乐与感动的情感——这是我第一次意识到自己对古籍的情感。我想这一情感的萌生也与我参加古籍整理工作时的耳濡目染有关。

于我而言，文化传承已经与我的生命密不可分了。尼山学堂"继绝学、铸新知"，无论是传承优秀文化，还是接续为书"续命"的古籍整理事业，早已是我们肩上必须扛起的责任。老师曾说，首先要认清自己的方向，再者要树立自己的理想，最后是搞清楚实现理想的道路。我想我们是幸运的，我们所肩负的使命即是我们所追求的理想。

我的脑海中响起刘晓艺老师为校经处所作的《校经处歌》：

……

春水逝斯须，良时不复恒。

使非勒石碣，临流濯我缨。

行年将逾陆机赋，知非乃论蘧瑗诚。

宁为展卷耽此玩，魏晋无论事叠兴。

会须觅百钱，拟供高阳醒。

欲呼维南维北、箕斗簸扬兮挹酒浆，东有启明西长庚。

宝光腰下三尺铗，莫作弹歌倚门听。

结意在东观，胜拥荆璧城。

万古人心凭代谢，千年文献竞峥嵘。

编者寄语

与古籍为伴，需要韧性、信念与沉静，要摒弃些许浮躁。古籍点校中所付出的辛劳、廓清的困惑、收获的新知、沉淀的感悟、历练的本领是“永乐诸君”成长过程中的财富，也彰显了大学基础学科培养拔尖人才的路径探索。这些年轻人是古典文献传世、国学传承的储备人才和潜在力量。

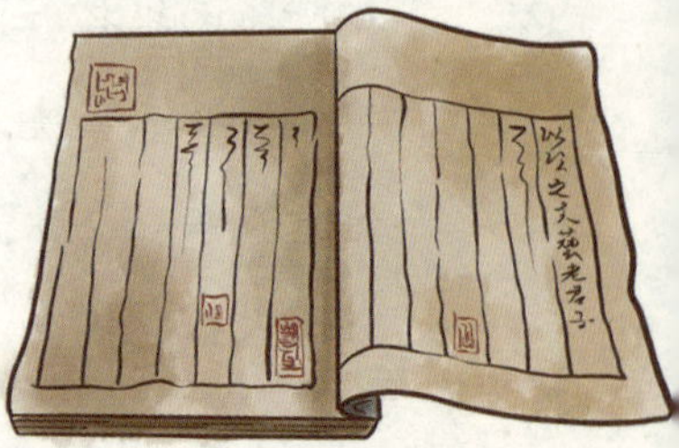

我与中国古典学术

/ 付雨欣

缘起

我在高中乃至大一时期，可算作理工科的学生。我是浙江人，高中“七选三”选的是物理、生物、技术三门科目，大一时就读于山东大学控制科学与工程学院的生物医学工程专业，和中国古典学术看似是八竿子打不着的。但是我心里一直对中国古典学术存有一份热爱，最初种下这颗种子的是我的高中语文老师，他有时上课会用闽南语给我们念古诗——用吟唱的方式。当时我就很感兴趣，但仍不很清楚语音演变的具体脉络，只是大致有了些概念。

大一时，我在闲暇时间看些古代汉语的书籍，偶然得知山大有个“尼山学堂”古典班。在经过一年左右关于人生未来规划的思考后，我决定顺从本心，做自己真正喜欢的事，于是在大一下学期参加了“尼山学堂”的选拔，顺利通过考核后，就开始了专业化的学习。真正进入专业学习阶段，我才对以前很多模糊的概念有了更清晰的认知，也解决了很多埋在心中的困惑。学习愈加深入，就发现自己不懂的东西愈多，所谓“学海无涯”，说的大概就是这种情况吧。

读万卷书，行万里路

“读万卷书，行万里路”，是我对人文学科的最初认知，同时也是我从前对从事人文学科的学习和研究“心向往之”的一个原因。最典型的例子就是汉代的司马迁，他所撰写的《史记》是建立在丰富的游历经验基础上的。《史记·太史公自序》曰：“迁生龙门，耕牧河山之阳。年十岁则诵古文。二十而南游江、淮，上会稽，探禹穴，窥九疑，浮于沅、湘；北涉汶、泗，讲业齐、鲁之都，观孔子之遗风，乡射邹、峄；戹困鄱、薛、彭城，过梁、楚以归。于是迁仕为郎中，奉使西征巴、蜀以南，南略邛、笮、昆明，还报命。”他的二十岁壮游，是走出书斋，面向社会进行调查，广泛地搜集和访求历史传说以及各种史料。对于历史事件，大至秦始皇的破魏战争，小至战国时期一个城门的名字，他都力求掌握第一手资料，广泛吸纳包括民间歌谣、俚语在内的口述史料。这种做法为中国以后的历史书写、史书编撰乃至史学研究确立了范式。这个范式自确立以来，此后两千多年一直未被改变——直至今日，仍是如此。

不仅是在史学领域，现代人文学科的学术研究皆强调资料的完备。做研究，要抱着“竭泽而渔”的理念，尽可能搜集更多的材料，并且要求材料的原始性，在此基础上方有可能作出有价值的研究。书籍、碑刻、建筑、字画等，皆是可以利用的材料。搜集材料的过程，需要大量的实地考察，因为单纯的纸质文献可能会湮灭许多信息。这在金石学领域最为明显，因为目前出版的碑刻集成类文献大多忽视了碑刻形制方面的信息，例如有无碑穿、碑首形状等，而实际上这也是很重要的材料，删削这些信息，就无法完整地传达出碑刻的所有历史信息，因而实地考察显得极为重要。

大三下学期，尼山学堂组织游学。在途中，我参观了孔庙、汉魏碑刻陈列馆、孔林、孔子博物馆、岱庙，登上泰山，所见颇多。其中孔庙、汉魏碑刻陈列馆收藏有许多碑刻。从前我也见过石碑，然而几乎没留下什么印象，但这次我却印象深刻。此次游学由杜泽逊、侯瑞华、姚文昌三位老师带队，老师们沿途讲解相关历史故事。此前在大三上学期，陕西师范大学的黄寿成老师也为我们讲授过“碑刻学”的课程。黄寿成老师是历史学家黄永年先生之子，家学渊源深厚，其于碑刻之学用力颇勤，钻研颇深，在课上向我们传授了许多独到见解。因此，这次游学参观我不再像从前一样“看热闹”，而是带着专业的眼光和深沉的思考，不仅深化了对碑刻知识的理解，也愈加感受到齐鲁大地深厚的文化底蕴。这次游学于我可谓一路风光，一路收获。

大四上学期，我修读了文学院李振聚老师开设的“版本目录校勘”课程。课程的主要内容是每个人随机领取一个版本的《金石录》（宋赵明诚撰），轮流阅读一定数量的条目，而针对所阅读的每一条目，其他同学需要汇报其与自己手中版本文字之差异。采用这种方式校勘，虽然进度很慢，一节课只能读几十条，但成效是比较显著的。全班同学都有任务，互动性强、互动程度高、专业训练充分。通过这种扎实的校勘功夫，我们对《金石录》不同版本之间的关系有了一定认识，并梳理出部分版本的源流脉络。对于异文的正误判断，最为直接的方式就是找到原碑，不过由于大多数著录于《金石录》的原碑已经佚失，只能通过参考其他文献来考辨，例如宋代欧阳修的《集古录》、洪适的《隶释》《隶续》等。此外，如有部分条目通过查考文献也不能判断正误，只好各备一说，保存异文。过去版本研究一直盛行一种观点，即认为版本愈早，其文字正确率就愈高。正如清代四库馆臣在《四库全书总目》中所言："古书亡佚，愈远愈稀，片羽吉光，弥足珍贵。"沧海桑田，宋本对于清人来说已是极难得的古本了，唐及唐以前的版本更是凤毛麟角，故清代藏书家之中盛行"佞宋"风气。实事求是地看，这种观点对于大多数文献而言或许成立，然而尚不能排除特殊情况。《金石录》显然就属于后者。

众所周知，《金石录》现存较早的版本是南宋淳熙年间龙舒郡斋初刻本，其后有南宋开禧元年（1205）赵不谫重刻本。宋代之后、清代之前，《金石录》未再刊刻，仅以抄本形式进行文本的复制。根据学者的研究以及笔者检索各馆馆藏情况可知，明代的抄本有叶盛菉竹堂抄本、范氏卧云山房抄本、祁氏澹生堂抄本、毛氏汲古阁抄本、崇祯五年（1632）谢恒抄本、长洲吴宽丛书堂抄本、吴县钱穀悬罄室抄本。清代则既有抄本，亦有刻本，具体情形此处省略。通过细致的版本比对可以发现，最早版本的龙舒郡斋本错谬颇多，反而是较晚的明代叶盛菉竹堂抄本可谓精善。清代著名校勘学家顾广圻在《思适斋书跋》中言及对《金石录》诸多版本的看法，曰："余在里门凡见善本二，其一是叶文庄手抄前后两翻者，其一是钱叔宝通部手抄者，皆细勘一过，是正近刻处甚多。"顾氏认为叶盛（谥号"文庄"）菉竹堂抄本可算作他所经眼众多版本中的"善本"，可见学术意义上的"善本"与版本的早晚没有必然联系。"善本"有两种含义：学术意义上的"善本"，判断标准是精校精注，不缺不讹；文物意义上的"善本"，判断标准是旧刻旧抄，有名家批校题跋。对于判断学术意义上的版本好坏，我们仍应秉持实事求是的态度，经过具体研究再下结论，不能先入为主地认为版本越早就是越好——从文物收藏角度或许可以说"越早越好"，但从文字内容的角度出发则并非如此。"上穷碧落下黄泉，动手动脚找材料""实践出真知"，这些话对于文献学研究尤其适用。

《金石录》只是课堂的一个缩影，折射出我们学习的方式、对话古籍时的心情和沉浸式学习时的收获。我们所触摸、对话的每一本古籍都是对治学路径的训练，都是对古典学术治学精神的习得与传承。

突破学科限制，回归经典

中国古代的学问没有学科的限制。经史子集虽被分为四个门类，可最初只是为了方便在库房中查找书籍，古人读书与做学问则完全不受书籍分类的限制。其实，古代亦存在不能贯通各部做学问的现象，因为书籍过多，而人的精力是有限的，无法通读各部之书，但并非源于自觉地不去阅读某一门类书籍的心理。今之读书者，在清晰的学科划分之下，出于功利化的心理，认为阅读其他门类的书籍似乎是一种累赘。古人十分强调学科的贯通，清代浙东学派、扬州学派的学者皆重视“经史结合”，治经者必通于史，否则流于空言义理；治史者亦需通经，否则丧失历史之鉴借功用。

要想理解古人，首先要理解古人的思维模式，不能简单地以今律古。以《周易》为例，在今天的大多数人看来，《周易》最大的功用在于算卦，占卜吉凶，然而事实并非如此。马王堆帛书《要》篇记载了孔子对《周易》的态度：“《易》我后亓(其)祝卜矣，我观亓(其)德义耳也。”《周易》之中最为核心的应当是“德义”。这是今天《周易》学习者与爱好者应当注意的地方。尽管《周易》具备卜筮吉凶的功用，但它的宝贵之处在于其中蕴含的“为人处世应先修德”的道理。二十世纪以来，解读《周易》的流派层出不穷，但其中大部分是臆断，未有坚实的依据。为实现习近平总书记提出的“着力赓续中华文脉、推动中华优秀传统文化创造性转化和创新性发展”，就《周易》这一经典来说，应当从传统易学源流出发，把握最主流的以经学路径解《易》的方法，在此基础上再了解各家的新说，方能有所判断。实现经典研究的创新性发展，仍应立足于经典本身，圆融而完整地进行研究。单单从文学、哲学或史学角度切入，都是片面的。这也是山东大学设立文史哲融合的“尼山学堂”古典班之根据所在。

编者寄语

在山东大学中心校区的文史楼上，有一处传统学术工作坊——校经处，这是承接“《永乐大典》存卷综合整理研究”等国家重大科研项目的工作室，也是山东大学“尼山学堂”的教室之一，致力于培养传承中国古典学术的拔尖创新人才。尼山学堂汇聚了像作者这样热爱古籍整理、致力于冷门绝学传承和古典学术创新的青春力量。他们勤勉、坚韧，孜孜以求，扎根古典但是不泥古，甘于“坐冷板凳”但是不沉滞，厚植传统但也面向未来、立足专业但也思维开阔。希望在这里成长出更多能够赓续传统、光大国学的未来学者。

地名背后的文化绳结

/ 周子豪

每个人都有自己的名字，名字承载着美好意蕴、殷切期望，简短而凝练，伴随我们一生。从开始到结束，名字都在回答一个“我们是谁”的问题。我们几乎不会在报上名字的时候有所犹豫，更不会在解释名字的时候迟疑不定。之后，我们便要回答另一个“来自”的问题——我们从何而来？也许这个问题依旧不能难倒你，但倘若要一个人回答地名背后的含义，我想得到的多半是含混和沉默。

土地的名字

我们从何而来？这是个不容易回答的问题。古往今来，世间万物，莫不有名。一方土地孕育一串地名，它们是历史的见证、文化的记忆，蕴含着地域文化的“根”与“魂”，彰显着地方民众的“情”与“梦”，是中华民族文明史的特殊记录与见证，也是世界文明史的记录与见证，是人类的共同财富。地名的背后，一条条文化的绳延伸至今，打上了一个个文化的结。

地名是土地的名字，是承载一代代人生根发芽的土地的名字。一个孩子出生在某地医院，被接回一个温暖的小家，学会了爬，学会了走路，晃晃悠悠地趴在窗台，走出门外，看到那里形形色色的人和物，那个地名始终在耳边眼前，在心里留下印象。他学会了说话，像他父母亲那样讲话，在哪里抑扬，在何处顿挫。上幼儿园了，他又遇见了别的男孩、女孩或是老师，学会了那个频繁出现的名字怎么念，怎么写，知晓原来那就是“我的所在”。上了小学，和认识的同学结伴去校门外小卖铺买零食玩具。初中，坐一辆公交车回家，看着沿线的站点闪烁，静谧或喧闹的黑暗与车灯、辉煌或破败的烟火建筑、形形色色的人在眼中交汇。高中，身边是越来越多渴望飞跃龙门的学子，同走在那一片天空下，迎着灿烂颜色的轻云与晚霞，为了遥远的前程而奋斗。

他走得越来越远，直到听见更远的不属于这片土地的消息，看到更远的不属于这片土地的风景，遇见更不同的不属于这片土地的人与物，直到有一天他真正离开了伴随他二十年的土地，坐上去往异乡的列车。在那里，熟悉的文字以陌生的语调出现，熟悉的习惯招来惊奇或笑声，熟悉的食材变成了不同的菜肴。抬头望，日和月不像从前那样出现……他发觉自己的格格不入，像黑夜里迷路的孩子，失落与孤独总会在不经意间闯入心扉。某一天某一刻，那几个字再次映入眼帘，仿佛冥冥之中不可言说的指引，人与地的灵魂再次联结。他遇见了同乡，同样来自那里的人，带着独属于那里的气息，他们交流着怀念着的故乡的风物。越过山野重洋，地名像一条绳，连带着土地上所有人打下了结，紧紧绑在他的心上。

地名文化实践

地名是地域的名字，简单几个字，又像一个符号随处可见，而符号意味着象征，象征的背后是深厚的文化内涵——在宏观层面上是时间与空间的历史，在微观层面则是每个实实在在的人蚀刻的痕迹。

济南大明湖街道的地名，就是如此。

多年前，探访济南老城县前街。路北的县衙已经成了机关宿舍楼，路南依旧是古朴的老宅院。相互印证，相得益彰。出县前街东口，斜对过的小路直通按察司街。当时没有标牌，不知其名。查找地图才知道这条街叫作尹家巷。如今看来这条街很平常，可是古时候的尹家巷，东接按察司，西连县衙门，北依督城隍，南望济南府，人杰地灵，名士辈出，是济南城的一条重要文脉。

翻阅乾隆《历城县志》，尹家巷屡屡被提及。

“尹旻宅，县治东，尹家巷。”

尹旻，字同仁，山东历城县人，生于明永乐二十一年（1423），正统十三年（1448）进士，改翰林院庶吉士，授刑科给事中。明英宗十分器重才华横溢的尹旻，“欲大用之”。后来一步步将他提拔为吏部（左、右）侍郎、吏部尚书、太子太保、太子少保、太子太傅等。尹旻也没有辜负皇帝的重托，“其在吏部先后二十余年，甄别人物，随才受任，各得其职”。

“历城县学，旧在县治东隘巷（即今尹家巷）。”

宋代熙宁年间至明代成化年间的四百多年里，历城县学文庙就一直位于“隘巷”，也就是尹家巷之中。历经数百年风霜雪雨的侵蚀，历城县学文庙“颓然不避风雨”。成化十四年（1478），趁着济南府学文庙修葺一新的“东风”，历城县府奏请朝廷，选择县衙东北一处闲置的公馆，重新修建了历城县学文庙，也就是后来的县学街小学，其规模和建筑亦不亚于府学文庙。从而使得济南明府城内同时存在着府学、县学两座文运亨通的文庙，为当年济南府的文化发展培养了不少人才，也为当时的朝廷输送了许多士子官吏。

“临清王府，尹家巷。”

就时间顺序来看，三任临清王久居济南，尹家巷的王府至少存在了八十多年。直到崇祯十二年（1639）清军攻入济南，制造了大规模屠城的“己卯之变”，尹家豪宅、王爷府焚于战火。

当然，历城县学文庙当年未免于“己卯之变”的战火，但因是文脉所在，自然也受后代统治者所重视。清代多次重修县学文庙。民国时期，县学文庙改为“县学街小学”。长期以来，县学街小学都是老城区重要的小学之一，直到 20 世纪 80 年代这一片区拆迁改造，县学街小学并入了尹家巷东口对面的大明湖小学。

这一路传承下来的济南老城的文脉，尹家巷可以称得上是一个十分重要的节点。仅仅是一条短短窄窄的巷子，便有着如此深厚的文化背景，直至今日也仍保留着与其地名紧密关联的文化功能，如同一条绳上打下的结，为后世提供摸索的机会。像这样的地方还有很多，无论是街巷还是山水楼阁，身处其中的人们自发成立地名文化志愿服务队，开展地名文化的搜集、记录、宣讲、展览、科普、路演等活动，创作出了照片、书画、符篆等多种多样的地名文化作品。

文化的绳结

社会学关注文化的形成、传播和影响，以及如何影响个体和群体的行为和观念。社会学家关注文化对社会中个体和群体的塑造作用，以及文化之间的差异和冲突。社会学家也关注文化的变迁和演化，以及全球化对文化多样性的影响。

有一个理论派系尤为突出，它关注人类社会中的符号与符号的互动过程，这就是美国社会学家格奥尔格·赫伯特·米德等构建的符号互动论。

符号具有象征意义，通过符号的运用，人们能够传递信息、沟通交流。每个人对符号的理解和解释都可能有所不同，这是因为人们根据自己的经验、文化背景、社会环境等对符号进行个体化的解读。因此，符号的意义是相对而言的，是基于社会互动和个体经验的结果，相同地域的人们往往会形成相似的符号认同。

符号互动论强调了人们之间的互动对符号形成和交流的重要性。人们共享符号的意义，通过语言、姿势、眼神等方式进行交流，从而建立起共同的理解和认识。通过符号的使用和理解，人们能够在社会中进行协调、合作和规范行为，符号互动构建了社会的规则，维护了社会秩序和稳定。

符号诞生于联结的人，又反过来将一代代的人联结成群，规划出稳固的社会关系和模式规范，使得和谐共生成为可能。根据文化社会学理论，地名是一种符号，具有象征意义，反映了一个地区的历史、文化和社会信息。通过参与地名文化活动，人们可以深入了解和传承本土的文化传统，保护和传播地方特色和历史记忆。

在全球化的背景下，各国、各民族之间的交流与合作日益增多，文明互鉴成为推动不同文明共存与发展的重要途径。地名作为文化符号和历史记忆的载体，承载着丰富的历史、文化和社会信息。通过研究和探索地名，人们可以深入了解某一地区的历史、文化和社会背景，从而促进不同文明间的相互了解。这条条文化的绳结，最终会把人类结成牢固的文化网络。

编者寄语

从地名切入，阐释文化传承对人的重要影响——相同地域的人们往往会形成相同或相似的符号认同。基于此，作者把地名比作“文化的绳结”。可贵的是，作者没有让地名文化“悬空”，而是以济南尹家巷为例，进行了“落地”考证和诠释。地名作为典型的文化符号，有指示意义更有象征意义，或饱含着习俗规约，或承载着历史故事。青年学子因为求学、研学以及日后的就业和工作，可能会走遍大江南北，主动关注城市的人文地理和历史文化，会丰富生命的体验，体味到更多生活的乐趣与意趣。

文化大美今共守，纷华革新乘古今

——我和民族文化的不解缘

/ 姚　倩

“千般荒凉，以此为梦，万里蹀躞，以此为归。”上下五千年，纵横九万里。知所从来，方明所往。文化如水浸润无声，连接着一个民族的过去、现在和未来。翻开历史的长卷，探寻亘古不变的古老与神秘；舞动飞扬的青春，感受生命里那份独特的民族风情，一颗顽强的文化种子在我心中悄然生根发芽……

步入·初识不知意

我出生于贵州省黔东南苗族侗族自治州岑巩县的一座小乡村，是一名普通的侗族女孩。侗族先民可以追溯到秦汉时期的百越，后来因为战争、自然迁徙等历史原因，这里的侗族人逐渐被汉化。虽有着“侗族儿女”这一身份，但我对侗民族的文化可谓是知之甚少，小时候对“民族”一词的概念，也只是停留在课堂上对“苗乡侗寨”的概括解释；停留在“五十六个星座，五十六枝花，五十六个兄弟姐妹是一家”这首《爱我中华》的合唱；停留在思政课时事政治考题中的“侗族大歌”“黎平肇兴侗寨”这几个简单又陌生的词汇。直到初中时，通过学习土家族的摆手舞，我才在真正意义上与民族文化进行了接触。土家族摆手舞舞蹈颇具特色，展现了土家族人生产生活的画面，内容丰富精彩，形式灵活多样，主要表现了包括推磨、播种、插秧、纺棉在内的多种劳动场景。为更好推动土家族民俗文化进校园，学校将土家族摆手舞改编成课间操，让民族文化焕发新活力，促进了非遗文化的传承。欢快的旋律搭配上简易生动的舞蹈动作，与山望梦，露水而歌，舞姿描绘着土家族人民的勤劳与智慧。我对土家族了解甚少，但课堂上密密麻麻的讲解笔记、土家族摆手舞比赛时的专注，是我对多彩的中华优秀民族文化热爱的初现，也让我在未来甘之如饴。

跟随·犹是惊鸿梦

温一杯月色酿成的酒，叹一段花季悄悄流走。我想，青春总该勇敢一次，为挣脱束缚，为追寻那心之所向的自由。记得高考一轮复习前的最后一节语文课，老师让我们自由地选择喜欢的话剧进行表演。对这一场演出，我很是期待。可故事题材的选择却让我和同学们犯了难，书上的故事大家都耳熟能详，没有新意；课外的我们又涉猎极少，准备时间不足，无法准确把握核心思想。

偶然之下，我们看到了一个和屈原有关的话剧，简短精辟的故事情节，引人深思的故事内涵，“举世皆浊我独清，世人皆醉我独醒”的狂傲，生命尽头纵身一跃的从容，深深击中我们的心灵，我们当即决定要演绎屈原的故事。

谁来演屈原呢？没想到此时小组里一个女生主动请缨，她看起来小小一个，但这一刻她身上好似迸发出无穷的力量。从那之后，晚自习前短暂而零碎的时间成为我们的排练时间。一遍遍地删稿、改稿，一次次从动作到眼神的高精度排练，那些专注认真的瞬间，让我至今记忆犹新。没有专业的指导，我们自己就是最好的编剧与导演；没有场景化的服装，我们就自己去找，最后东拼西凑，也算是找到了较为合适的服装。演出如期而至，我们迫不及待地想要上台表演，即便我们的舞台只是小小的讲台，即便我们的观众只有同班同学，我们也希望屈原这位伟大的诗人通过我们的演绎能够被更好地展现给大家。“后皇嘉树，橘徕服兮。受命不迁，生南国兮。深固难徙，更壹志兮。绿叶素荣，纷其可喜兮。”高山流水之音萦绕，寥寥数语，我们仿佛看到了一位意气风发的少年展鸿鹄志，他坚定地站在历史的长河中，坚持真理，上下求索。“他用自己的生命警告叛国的小人，激发全国百姓的爱国之心。这里的土地没被秦兵践踏过，是干净的。虽然他的肉体永远长眠在了这滚滚汨罗中，但是他给后代留下的精神却永远流传，不论千秋万代，盛世欢歌！”一曲终罢，曲终人散，只留下那忠贞与高洁的旋律涤荡耳畔。我的内心被深深触动，总觉有一股暖流汹涌。经典永不落幕，精神万古相传，这场故事总应有个更璀璨的舞台去绽放。

蝉鸣深处，夏日绵长，那年风起云破，我庆幸自己足够勇敢坚定，铸就了我高中最后时光里永恒的美丽。那次课程表演没过多久，学校文化艺术节进行节目征集，因为有了前面的铺垫，我想这次我们一定能轻松入选。可当时已进入一轮复习，时间紧任务重，对于将高考视为走出大山唯一通路的我们，尤其是对于尖子班的同学，最重要的自是“一心只读圣贤书”。但我明白，如果不亲自尝试，我们不会知道自己到底有多大能力，所以我们偷偷参加了初选。当时有两个话剧节目，我们怀着紧张而忐忑的心情，以自己平时训练的最高标准来进行初选的表演。但老师却给予我们“剧情拖沓”“眼神不到位”等令人沮丧的评语。本以为入选无望，可出乎意料的是，最终我们的历史话剧《屈原》以微弱的优势成功入选。

拿到了入场券的我们还没来得及从这份难以置信中反应过来，班主任的严厉批评就紧随其后：“复习都没有时间，你们还有时间去演话剧？”“你们的未来谁来为你们担保？”……说真的，我们动摇过，可好不容易争取来的演出机会又怎能轻易放弃。最终，在我们的坚持下，老师对我们网开一面，允许我们以不影响学习为前提准备演出。于是，我们利用少之又少的空闲时间排练。夏日喧嚣，微风吹过衣襟，我们将小小的身影写在校园一角。

终于，我们迎来了舞台上绚丽的灯光。这一次，我们从中华优秀传统文化的历史长河中走来，将屈原的故事以话剧的形式带到了全校师生面前。背景音乐缓缓响起，《高山流水》营造的意境与《橘颂》之声交织。我作为幕后旁白，虽不能直接看到台上的表演，但台下雷鸣般的掌声告诉我：我们成功了！落幕之后，观众逐渐离场，也有几位久久不愿离去，我想，这便是我们表演的意义所在。一场跨时空的对话，怀藏不畏世俗的炙热灵魂，热烈地书写青春！那场演出确实在我心中留下一段难以磨灭的痕迹，令我无数次回想与怀念。现在看来，那也是我参与文化传承活动的一次深刻实践了。

坚定·应是永流传

高考填报志愿时我选择了报考少数民族预科，班里的同学都是来自全国各地的少数民族。在民族文化展示课上，同学们都尽情展示着本民族的特色文化。代表“风花雪月”的服饰尽显白族人民的热情好客；精妙绝伦的土锦展示着土家族人的勤劳智慧；布依族八音坐唱典雅悦耳，传统美食五味俱全；壮族山歌唱过风风雨雨，唱过斗转星移，唱出了壮族人民多姿多彩的生活；悠扬的马头琴声，让我们感受到了蒙古族人民的旷达与豪放……潜移默化中，我也主动探寻起侗族的古老文化之源。新中国成立后，侗族实现了从有语言无文字到语言与文字兼具的转变，侗族地区更被称为“诗的家乡，歌的海洋”。侗族大歌的亮相，让人与自然的和谐之音走进大众的视野，让人们感受到了侗族人民对自然的热爱。各民族文化都为中华文化的多样性添上了浓墨重彩的一笔，中华文化是各民族共建共享的文化，各民族文化的支流共同汇聚成中华文化的滔滔洪流。我为我是一名中华儿女而深感自豪，而这枝繁叶茂的民族之林，理应由我们共同守护与传承。

预科一年的学习生活，加深了我对民族文化的理解，丰富了我对民族文化的认识。为了能够更好地促进多民族文化交流，我和预科班的老师、同学们共同发起成立了名为“山东大学学生石榴籽爱心社”的社团。“传播优秀传统文化，关注民族地区发展，发扬志愿服务精神，服务国家发展战略。”短短的32个字，道出了我坚定不移推动民族文化传播，促进中华文明交流互鉴的目标，我将为之不懈努力与奋斗。

石榴筑梦，籽籽同心。一个人的力量或许很渺小，但一群人一定可以走得更远！“风花雪雨，四合同春”民族文化交流活动、内蒙古牛肉干的制作活动、解读汉服的历史演变……通过这些活动，我们不断深入探究中华文化之美，在劳动实践中感悟“各民族要像石榴籽一样紧紧抱在一起”的深刻含义。我们努力用最朴实的方式传承中华优秀传统文化，让更多人能够感受文化、触摸文明，让多姿多彩的中华文化瑰宝持续焕发出生命力。在石榴籽爱心社这个大家庭里，我深受中华优秀民族传统文化的感染，从社团团支书到社团负责人，我深知自己肩负的不仅仅是促进社团健康发展的责任，更有在各民族文化的交融碰撞中弘扬中华民族精神和悠久灿烂的中华优秀传统文化的使命与担当。

学习了汉语国际教育专业的相关知识后，我对文化这一定义又有了更深层次的理解，“观乎天文，以察时变；观乎人文，以化成天下。”文化囊括万物，文明博大精深。习近平总书记在文化传承发展座谈会上深刻指出：“只有全面深入了解中华文明的历史，才能更有效地推动中华优秀传统文化创造性转化、创新性发展，更有力地推进中国特色社会主义文化建设，建设中华民族现代文明。”对外汉语教师常常被称为“民间文化大使”，足以说明这一职业所担负的传播中华文化的责任之重。在进行文化传播之前，我们必须要真正地读懂中华文化，把握好中华文化的精神内涵。掌握过硬的中华文化知识，是基础的基础，根本的根本。我们应不断加强对中华优秀传统文化的切身体验，深入认识中华文明的历史纵深，深度思考如何推动中华文化更好走向世界，以更加博大的胸怀，更加广泛地开展同各国的文化交流，更加积极主动地学习借鉴世界一切优秀文化。

“对历史最好的继承，就是创造新的历史；对人类文明最大的礼敬，就是创造人类文明新形态。”历史如潮，大道如砥，吾辈青年，当守住初心、担当使命、奋发有为，让中华优秀传统文化走进大众视野，融入现代生活。龙衔火树千重焰，文化底蕴永绵延。推动文化传承与创新，我们一直在路上！

编者寄语

从自己对“侗族儿女”这一身份的确认，到考入山东大学民族预科班，再到主动组建“石榴籽爱心社”，作者对民族文化的理解和体悟就这样一步步地加深。这是一个从感性到理性，从自发到自觉的过程，也是一个青年学子快速成长的过程。在此过程中，进一步有进一步的欢喜，可喜可贺。作者时值韶华，沉浸于青春的激昂与攀登的勇毅，同时还能收获理性的反思与未来的期冀，难能可贵。

她与甲骨文

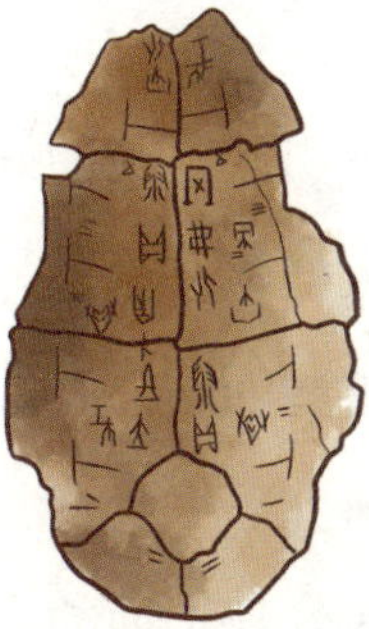

/ 冯佳琦

我出生在河南省安阳市。大多数人对故乡土地的感情是很深的，但我在二十岁以前却没有太多这样的感情。那些对故乡有很深感情的人，常常会将儿时在故土的记忆汇成文字。而现在若非要我写出关于故乡的什么，记忆里只有洹水的大白鹅、人民公园的鸽子、文峰塔的大雁，还有殷墟旁的那块躺上去软绵绵的大草坪。大草坪上经常能看见小鹿，还有新婚的夫妇拍婚纱照。我童年时经常在那里玩。

对于殷墟的记忆尚存不多，除了那块大草坪，还有一位女大学生。那年我五岁，那位女大学生二十岁左右。我在殷墟博物馆里跑着玩耍时遇见了她。大厅里只有她一个人，她盯着一处墓穴坑看得入迷，时而在本子上画着什么。

我问她："姐姐，几个破罐子有什么好看的？那几个人骨头，看着还吓人呢！"

她转过头，一脸严肃地对我说："这可不是什么破罐子，这是妇好的墓！”

这一下引起了我的好奇。那天，我问她妇好是谁，为什么她会有这么大的墓，墓里为什么有那么多青铜器，为什么会有好几副人骨。这些问题，有的她能答出来，有的却不能。她说：“关于妇好的研究还太少，我们博物馆里的介绍更是太少。你看到那些甲骨了吗？那上面的文字记载了妇好的故事，但辨认那些文字很困难，理解它们的意思也很困难。”我知道那些文字是甲骨文，是我看不懂的文字。她答应我，等她全部搞清楚这些问题就来告诉我。

但直到二十岁，我却再没去过殷墟，因此我也不确定她有没有信守约定去殷墟找我，总之我是失约了的。

2022 年 10 月，网络插画作家朴缜发布了一组名为《当我画了 100 个中国城市》的作品，我在这 100 幅画中找到了安阳。那幅画元素很简单，色彩也不像别的城市的画作那样鲜明，整体是金黄色，四周是破碎的甲骨，中间是策马而来的妇好。妇好，这个名字时隔十五年又重回我的记忆，我才决定了解她的故事。

妇好墓是迄今为止殷墟发掘出来的最完整的商代贵族墓，长 5.6 米，宽 4 米，深 7.5 米。除中间腰坑葬一人一犬外，墓室东壁西壁共埋殉人 16 人，殉狗 6 只。然而，妇好的棺椁因在水位线以下，已被腐蚀殆尽了。棺椁中间寻得的朱砂，有人猜想应是置于妇好体内或丧葬时洒在身外的。墓中还陪有大量的随葬器物，其上的铭文内容可见，此墓葬主人是商王武丁时期的大将妇好。

尽管妇好墓的体制及发掘的礼器弥补了对殷商时代的研究空

缺，但我意不在此，我只想从那最难懂的甲骨文入手，来窥探妇好的一生。甲骨文是明确的，也是模糊的，因为时代久远，有些字还不能辨认，只能借助搜集的大量资料进行推测，因此存在很多争论。在研究过程中，我头昏脑胀，不知这些图画一般的文字究竟有何规律，不仅单字辨认困难，整句话的言说格式也与现在的语言不同。在查找资料的过程中，每当眼睛酸胀了，我就抬头看着天空。这时我突然想到，我不也成了当年那位女学生的模样？

妇好是商朝英勇善战的巾帼将军，也是武丁宠爱的王后，这是学界认可的妇好的身份。从一些甲骨文卜辞中得知，武丁对妇好的一切活动都非常关心，连妇好患牙病都要进行占卜。要知道，春秋战国以前的占卜活动属于国家大事，而武丁却为了妇好的疾病一次次占卜问辞，并进行祭祀。

后来的研究者为甲骨文中的“取”字而争论，一种说法认为武丁为了妇好死后仍然能拥有荣华富贵的生活，为妇好配了冥婚，将她许配给他的祖先商王祖乙，并在后来又陆续许配给了多位祖先，就为了使妇好得到保护。以此说法，在记录妇好祭祀活动文献中的“取”字即为娶的意思。也有另外的观点认为“取”是祭名，意思是保佑妇好得到好的取祭。无论哪一种说法，都能体现商王武丁对其王后妇好深深的宠爱。

卜辞中还有记述妇好生育的文字。现今被学界认可的说法是妇好共有三个孩子，一子两女，在卜辞中也可找到生育此三子的过程记录。从卜辞上看，武丁占卜不仅为了预测生育孩子的结果，他还不厌其烦地提问妇好分娩是否会顺利、分娩后是否会健康等，可见他并不仅仅把王后生子一事看作是繁衍子嗣、继承王统的任务，而是体现出丈夫对妻子的关爱和保护。

对于妇好的经历，最值得研究的就是她领导的军事活动。商王武丁统治的时代处于商朝中期，那时局势动荡，武丁向外扩充商朝领土，多次讨伐四方，开创了“武丁中兴”的盛世。作为武丁的王后，妇好不仅精通占卜、祭祖、国家政事管理，还在用兵打仗方面颇有才干，帮助武丁收复了二十多个小国，其中最出名的就是攻打羌方的战争。据说，攻打羌方时，妇好引兵数万人，俘虏了大量羌人。在甲骨文记录中，我找到了一些记载妇好带兵的文字。“贞，登妇好三千，登旅万，乎伐羌。”意为妇好在战前征集了三千兵，发动了上万人的战争，这样的军事规模在当时是极大的。记载妇好征伐四方的甲骨文很多，单是能理解含义的就不下百个，可见妇好领导战争的次数之多，也体现了妇好强大的军事统帅能力和智慧才干。

然而，研究到这里，我突然有些迷茫。我看甲骨文和我看妇好，是两种完全不同的情感。甲骨文是死板的，它枯燥，只由一些线条组成，离我们的时代太过久远，想要理解它的含义需要猜想，将甲骨文字和画联想到一起，研究出一个甲骨文字的意义都需要查找海量的资料和举证，更别提研究整句的意思了。而对于妇好，她虽然与我们相隔千年，但血脉相承，精神相传，我似乎能听到她飞驰的马蹄声，看到战旗挥舞扬起的尘土，她能给予我强大的精神支撑，所以她是灵动的、鲜活的。

但不得不承认，追寻妇好，必须从甲骨文献上找依托。如果只看到那些随墓穴而出的华美玉器，那么妇好的形象也许和大部分宠后一样了。正是甲骨文让我们看到一个骁勇的女将军，妇好才不仅在历史的长河里荡起小小涟漪，还给后世留下深厚的精神滋养。甲骨文因记载着几千年前人们的行动轨迹，也变得灵动、鲜活了。

重回殷墟是2023年的夏天，我二十岁。我仍记得五岁那年，在殷墟的草坪上玩耍时，穿的是一件粉色的纱裙。我为着纪念和追寻回忆，决定再次穿一件粉色纱裙去那里。可当重新踏上那块土地，我才知道自己的决定有多幼稚。那里已经不是印象里的样子了：没有蝴蝶和大白鹅，几只小鹿也像是在庄严地为古墓守护。那些文物严谨地陈列在狭小的玻璃柜子里，看起来很庄重，却让人有疏离感。我穿着粉色纱裙，感到和周围格格不入，于是匆匆出馆了。

可恰逢一队小学生参观殷墟博物馆。我坐在草坪上，他们从我身边经过。队伍里有一个和我一样穿着粉纱裙的女孩，她猛地跑过来，我却尴尬地低下头。“你的裙子真好看！”她说。她拉着我跑进博物馆里，指着一个甲骨文字问我认不认识。我说，这个字是“洹”，就是洹水的洹。她似乎并不惊讶，继续问下一个。直到问了很多个，我都答出来，她才说：“原来你这么厉害。”

“我不喜欢那些文物，它们确实美，但我不感兴趣。”小女孩说。

“那你喜欢什么？”

“甲骨文啊！每一片甲骨都是有生命的，甲骨文也是。辨认甲骨文是一件很有意义的事。”

我的鼻尖突然冒出了丝丝的汗。在她的年纪，我也遇见了一个二十岁的姐姐，可我当时是无知的，也不知道自己喜欢什么。但她却知道。

“你知道那是谁吗？”她指着外面那尊洁白的雕像问我。

“那是妇好，是三千年前一位很厉害的女将军。”我说。

“那她肯定会写甲骨文。要是我能和她说话，就能认识更多甲骨文了。”她也许也意识到这是不可能的事，低下头笑了笑。

“她不仅会写甲骨文，还会占卜、祭祀、领军打仗。”我并没觉得她的话是天方夜谭。

在草坪上，我给她讲了很多妇好的故事，有些是甲骨文上记载的，也有些是传说。讲了很久后，我转过头喝了一口水，可再转过头来，她却不见了。

我问工作人员，今天来参观的小学生队伍是不是离开了。工作人员却说，今天并没有小学生参观。我一时间怀疑这个小女孩是不是我幻想出来的，我五岁时遇见的那个姐姐是不是幻想出来的，妇好的故事是不是我幻想出来的。

或许我只是想兑现当年那个约定。我不想再做失约的人。

但我想我是真的爱上了甲骨文，真的爱上了研究中华文明的感觉。

所以，“我们”都不是幻想出来的，“我们”是千千万万个普通却坚毅的“她”。“我们”肯定在彼此看不见的地方传递着什么。

传递着文字，传递着文化，传递着中华精神。

编者寄语

文章的题目是《她与甲骨文》，这里的“她”，看似是指作者本人，可又似泛指女性。至少，文中提及的“她”就有以下几位：商朝的女将军妇好、十五年前参观妇好墓的女大学生、作者自己、向作者提问的小女孩。三名当代女性，年龄上有代差，但都试图通过破译甲骨文而了解妇好的更多故事。作者用这种微小说式的循环结构来传达“文化传承”的主题，真可谓用心良苦。作者说：“我想我是真的爱上了甲骨文，真的爱上了研究中华文明的感觉。”有了前面的行文铺垫，这句话也就有了落脚处，文章也就有了“精气神”。传递，在文中是题眼，也是一种信念、一种姿态，中华文明是需要不同代际的人来薪火相传的。

讲述山河故事，传承齐鲁文化

/ 李依帆

文化，是简单又厚重的二字。从我记事起，“要多读书，做一个有文化的人”“有文化，成大事”之类的话语便在耳边回荡。读书十余载，不停地与“文化”打交道，也逐渐对这两个字的含义有了更深的理解，明白了文化的内涵很丰富且很深奥。作为一名中国史专业的学生，我更是深知，中华优秀传统文化凝聚了中华民族世世代代的创造和智慧，是我们赖以生存和延续的精神力量。

2022 年 9 月，我怀着激动与崇敬的心情踏入山东大学的校门。入学几天后，学院举行新生开学典礼，王学典教授在致辞中说：“儒学院以古文、古史、古哲、古籍研究领域为主体，以儒学研究为特色，有着悠久的学术传统。”王教授指出，我们地处孔孟故里和齐鲁文化的发祥地，中国古典学术如今更是迎来了最好的发展时机，希望大家能够抓住机遇，实现学术理想，追求蓬勃向上、积极有为的人生。王教授的一席话听得我热血沸腾，后来很多次在学院听到王教授的讲话，他都是如此充满激情，在他身上，我看到了知识分子对中华优秀传统文化的热爱和一生的坚守。

从那时起，我便想，作为一名在读的硕士研究生，我该如何实践这样一份理想与信念，该如何将传承中华优秀传统文化这一目标落实于实际行动呢？2023 年 6 月 2 日，习近平总书记出席文化传承发展座谈会并发表重要讲话，指出："中华文明具有突出的连续性，从根本上决定了中华民族必然走自己的路。如果不从源远流长的历史连续性来认识中国，就不可能理解古代中国，也不可能理解现代中国，更不可能理解未来中国。"当时临近暑假，校团委下发了关于开展"学习二十大 永远跟党走 奋进新征程"山东大学 2023 年学生暑期社会实践的通知，我想，这正是一个实践的好机会。

传承中华优秀传统文化是一项艰巨的任务，同时是一项庞大的工程。网络上的热议高频词"山东文脉"引起了我的关注，山东省政府制定的《关于打造中华优秀传统文化"两创"新标杆行动计划（2022—2025 年）》中，专门提出"山东文脉"工程，其主要目的是深度挖掘山东人文沃土可以深度耕作的比较优势，加强对中华优秀传统文化的研究阐发，推出系列标志性研究成果，树立新时代山东"文化泰山"。该从哪里做起？我的答案是就从我所在的齐鲁大地开始。

山东作为齐鲁文化的诞生地、儒家思想的发源地，素有"孔孟之乡，礼仪之邦"的美誉，历史文化资源丰厚。孔子在这里诞生，泰山在这里屹立，黄河从这里入海，很多人提起孔子，谈到儒家，必然想起山东，儒学至今仍深刻地影响着中国文化，塑造着中国人的价值观，齐鲁优秀传统文化在灿烂辉煌的中华传统文化谱系中占有重要地位。因此我想，那就从“一山一水一圣人”入手，做以孔子为代表的儒家文化、齐鲁大地上的泰山文化与黄河文化的“小小代言人”。

我能做的，便是从身边做起、从小事做起。我不仅要自己参与这项十分有意义的实践活动，也要号召我周围的人一同参与进来，共同为传承齐鲁文化贡献力量。因此，我决定申报校团委组织的暑期社会实践活动，组建“齐鲁文化小讲堂”实践团，实践的主要内容是面向幼儿园及小学开展齐鲁文化宣讲。

作为实践团队长，在我的号召与动员下，另有七名和我一样有志于为传承中华优秀传统文化贡献力量的同学加入了实践团。我们分工明确，大家共同完成讲稿及PPT的撰写与制作，选出两名同学作为主讲人。在老师的帮助与支持下，我们成功与童林堡幼儿园、博雅幼儿园、洪家楼小学、历城区实验小学四所学校取得联系，确定了宣讲时间后，我们对讲课稿、PPT进行反复打磨，提前进行讲解练习。同时，儒学高等研究院的王加华教授对我们进行了培训，王教授对我们的讲授内容、台风、语速进行把关，为保证我们的现场授课流畅度及精彩度打下基础。

前期的准备工作完成后，我们来到各所学校进行现场讲解。我们从“黄河是什么颜色的”“黄河为什么‘黄’”“泰山为什么是五岳之首”等小问题切入，通过图文并茂的方式为孩子们介绍了黄河和泰山背后蕴含的“一方水土养一方人”“同饮一江水”“泰山崇拜”等文化观念，生动地向孩子们讲述泱泱黄河如何孕育华夏五千年的文明、巍巍泰山以何种姿态奠定中华民族的信仰。我们给孩子们解释孔子有教无类和因材施教的教育观，介绍“学而时习之，不亦说乎？”的内涵，讲述孔子好学、韦编三绝的故事，传达学而不厌、孝悌仁爱、以友辅仁的道理。

在讲解的过程中，孩子们都听得十分认真，令我们惊喜的是，现在的幼儿园小朋友及小学生们的知识储备量比我们预想的要大得多，并且他们有很强的求知欲，课堂参与度十分高。当我们说到“孔子登东山而小鲁”时，竟有孩子脱口而出“登泰山而小天下”；当我们讲到“会当凌绝顶”时，孩子们会异口同声地喊出“一览众山小”；当我们问到“黄河为什么‘黄’”时，孩子们会踊跃地举手发言说出他们的想法；当我们提到“三人行，必有我师焉”时，会有孩子积极举手向大家分享他从同龄人身上学习到知识的故事。上课的氛围是热闹又轻松的，孩子们都十分享受我们带来的文化课程。

当今时代，文化已经成为关乎国本和国运的一个关键因素。正如习近平总书记所说：“在新的起点上继续推动文化繁荣、建设文化强国、建设中华民族现代文明，是我们在新时代新的文化使命。”山东是文化大省，历史文脉源远流长，学术思想根深叶茂，古籍典藏丰富厚重，民俗文化多姿多彩、文化标识鲜明突出，有着“人文沃土可以深度耕作”的比较优势，具备铸就社会主义文化新辉煌的基础、优势和条件。如何将“山东文脉”传承好、发扬好，是山东必须作出回答的“时代之问”，也是山大学子勇于担当的重要课题。孩子们眼里的光，不仅仅是他们对知识的渴望、对齐鲁文化的喜爱，更是齐鲁文化传承的希望。这是一个好的开始，未来，我也一定会将这件有意义的事情坚持做下去，利用节假日的时间继续打磨作品、思考问题，与更多的青少年和儿童分享、交流齐鲁文化的魅力，全力以赴地奔跑在这条传承中华优秀传统文化的跑道上。

编者寄语

纸上得来终觉浅，绝知此事要躬行！参与社会实践，助推了作者从知识到能力的转化，也增强了他传承中华文化的责任感。身处山东，作者组建了“齐鲁文化小讲堂”实践团，和朋辈们一起将学习齐鲁文化的收获分享给更多人，致力于文化普及，以实际行动参与中华优秀传统文化的创造性转化与创新性发展，难能可贵！孩子们在课堂上的投入，使我们真切感受到中华文化互动传递的脉搏。“天下兴亡，匹夫有责”，中华文化的赓续也需要每一位青年的真挚热爱，社会个体的绵薄之力终究能形成百川汇海之势。

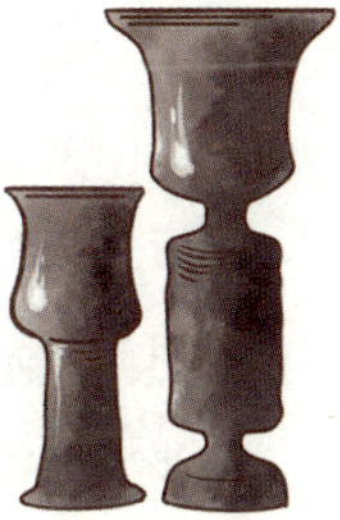

土与火的艺术，人与心的传承

——遥记德州黑陶实地调研

/ 赵健蕾

提到德州，人们往往脱口而出的就是德州扒鸡。知识再丰富点儿的人，或许能喊出“九达天衢，神京门户”，又或许能想起董仲舒、苏禄王。若是经常“网上冲浪”的年轻人，或许还能调侃其为山东的海外州“德克萨斯州”。如果没有那个暑假，我对德州的了解也就止步于此，但是感谢命运，让我看见了德州的另一个亮点——低调的珍宝德州黑陶。

文科生的暑假是相对轻松的，没有实验室的“召唤”，也没有数据表的“邀请”，于是借着学校部署的暑期“三下乡”社会实践的机会，我和几位同学组成一支实践小队，经过一番思索与考量，决定就近考察家乡德州的黑陶文化。

黑陶，顾名思义，即黑色陶器，采用渗碳的方法在强还原气氛中烧制而成，表面漆黑光亮，具有“黑如漆、明如镜、硬如瓷、声如磬”的特色。其以制作之精致、造型之优美，渗透着浓郁的东方文化气息，被誉为“土与火的艺术，力与美的结晶”。而德州黑陶既包括“泰山文化”“海岱文化”的元素，又融入“儒家文化”“齐文化”的内涵，同时又受到德州独特的地域环境的影响，形成了独特的工艺流程，是先人生活劳作、精神诉求、价值取向以及审美情趣的反映和表现。

黑陶如此美好，古韵悠长，但德州黑陶到底是怎么制作的？现在的生产是怎样的模式？这些手艺又如何延续德州黑陶的文化特色？一连串问题涌上心头，于是商议之后，我们决定组队去实地走访调研一番，一探究竟。我们几个人从四面八方相聚德州。一行人参观了德州黑陶博物馆、德州市博物馆、德州梁子黑陶文化产业园区等地，对德州黑陶的生产、输出全过程进行实地考察。

博物馆里陈列着的各种黑陶器型，向我们讲述着从远古至今日的黑陶演变历史。我们参观时发出感慨，黑陶从家居实用品慢慢地变成艺术观赏品，其过程体现了人民生活水平的提升，展现了从生存需求向发展需求的转变。

如果说博物馆的成品展览让我们惊叹于黑陶造型之优美，那么在德州梁子黑陶文化产业园区，我们才真正见识到了黑陶制作过程之精细。德州黑陶的陶泥选用德州大运河边的红泥，经过选泥、练泥、拉坯、修坯、软刻、晾干、烧制、出窑、硬刻等一系列复杂精细的流程，实现了从一抔土到一件精美工艺品的华丽转身。

我们沿着产业园的制作流程路线一路参观采访，观摩工艺师炉火纯青的手法，与他们交流学习，了解了每一流程的重点所在与精华之处。

在练泥之前，需要反复淘洗滤掉胶泥中的所有粗颗粒杂质，用胶泥中最精华的部分制作黑陶，再用真空练泥机将陶泥做成紧实有韧性的泥条。如此不厌其烦、一丝不苟地一遍一遍淘洗泥浆，造就了蛋壳陶的极致美感。

拉坯是工艺师用脚控制拉坯机的转盘转动快慢，将泥块变成陶坯的过程。制作陶坯前，工艺师需要反复测量校对，确定高度、直径大小等数据，准确定型。德州黑陶的制作目前仍以手工为主、机械为辅，拉坯的过程需要工艺师一气呵成，转盘只是起到旋转塑形作用，而陶坯直径、高度、形状的塑造全凭借工艺师的技术与耐力。当陶坯完成，光滑的表面、流畅的线条令人眼前一亮，而让人最为之动容的是它的灵魂——工匠精神。

拉坯结束，陶坯阴晾一段时间后进入修坯环节，即通过细细打磨使陶坯更加符合所要求的标准与尺寸。修坯是追求极致的环节，对拉坯过程中的大小误差进行纠正，将误差降到最低。工艺师心中有尺、手里握刀，精准与否全在一双手上。这不仅仅比拼经验积累，同时也见证工匠的专注力和精益求精的精神。

软刻是陶坯烧制前的一个环节，即利用刻刀在陶坯上进行雕刻。工艺师将精力全部投注到雕刻中，精雕细琢出最完美的作品。

软刻之后的晾干环节和修坯之后的晾干环节基本一致，要将雕刻好的陶坯放置在不透风、阴凉的房间的架子上进行阴干，在夏天或闷热天气时要将陶坯口套上塑料膜或是倒放，以防出现阴干不均匀的情况。阴干到陶坯中所含水分为 15% 左右，便可进入烧制环节。

烧制是制陶过程中最为重要的一环，首先是要用小火进行烘干，因为陶坯中还有一定的水分，大火加热会导致陶坯发生炸裂现象。德州黑陶所采用的烧制方法是特有的“熏烟渗碳”方法。烧制完成之后，等到窑内温度与室外温度大致相同时即可出窑。

硬刻即在烧制出的已完成软刻的黑陶上雕刻图案或者文字。雕刻的过程中要控制好力度，过轻过重都会影响美观，这需要工艺师长久的经验积累和技艺修炼。这项技术是德州黑陶工艺师们专注探索、追求创新的最终成果，古朴典雅的造型与厚重的文化底蕴相结合，呈现出了德州黑陶别致的美。

这一流程如今落在纸上只有寥寥近千字，可是那天，我们用了一下午才跑完所有环节。六月份的德州，整个下午骄阳当头，洗泥的师傅脖子上挂条毛巾，接住那一路从额头流到下巴的汗滴，不辞辛苦地一遍遍洗泥条；拉坯和修坯的师傅在一间大屋子，两人的机器声一唱一和，伴着毛军老师在旁边的讲解，至今想起仿佛犹在耳边；软刻、硬刻的师傅工作条件稍好些，头顶有小风扇“呼哧呼哧”转着，手里的刀随着扇翅一刻不停；一路为我们做讲解员的毛军老师，从事黑陶行业三十余年了，是硬刻技术的开创者，他对我们十分和善，耐心地对我们这群“小白”讲着各种知识。后来看《福尔摩斯探案集》电视剧时，其中有一个情节是讲一个罪犯逃到陶瓷店，将架子上所有的陶瓷掀翻在地，“噼噼啪啪”的声音清脆地砸出屏幕，当时我脑海里回想起工坊架子上摆着的一件件初步成型的陶器，不禁为剧里的道具感到遗憾与痛惜。

参观结束后，我们一行人开始着手整理此次的采访与收获，搜集更多的黑陶资料，并结合此前搜集整理的文献，对德州黑陶做更为详尽的整理与思考，最终整理成报告，作为暑期社会实践成果提交到学校。

黑陶作为新石器时代不可或缺的日常用品，在当时发挥了重要的作用，但是在之后的人类社会进程中，由于瓷、铜、铁等新材料不断出现，再加上黑陶不耐用且不如瓷器光滑精美，黑陶逐渐在人们的生活中消失，黑陶文化也逐渐在历史中衰落。中国改革开放以来，古老的黑陶文化被人们所想起，尘封了千年的黑陶文化慢慢有了复兴的趋势，德州黑陶也是在这个时候蓬勃发展起来。1979 年，在寇维军的带领下，德州率先整理黑陶文化，开始引领黑陶走向新的发展阶段。

但是，我们也发现，德州黑陶目前虽然已经实现了产业化经营，但仍旧存在文化旅游价值无法充分发挥、传承与创新遇到瓶颈、社会知名度和社会影响力不高、对普通大众吸引力不够、创造性转化和创新性发展受挫等问题。结合我们搜集的资料与个人生活经历经验，我们认为可以从网络视听、移动媒体、创意设计等多角度对德州黑陶技艺进行创新，推动科技和德州黑陶深度融合，从而实现德州黑陶跨越式发展。比如构建互联网平台，推出独具魅力的德州黑陶文创产品，充分发挥黑陶文化的旅游价值；以定格动画的形式制作德州黑陶短视频，将德州黑陶的历史感与互联网的现代感结合，增加趣味性，加大宣传广度和力度；加强德州黑陶与文化教育相结合，推进与大中专院校开展“产学研”融合，建立研发基地，鼓励中小学生参观体验，让黑陶文化走进校园。

暑假早已结束，报告也已尘封，但是每每回想起暑假的那次“黑陶之旅”，各种细节依然历历在目。如今再次翻阅这份报告，心中再起澎湃。兴致勃勃出发去德州的路上，对黑陶满怀期待；当看过德州黑陶的前世今生，与文物对话，我们仿佛一眼万年；在小工坊里参观，见证黑陶的浴火淬炼，忘不了精品诞生在眼前的惊艳；结束一天的参观行程，离开产业园前，回头望了一眼空旷的大院，竟生出一种何其渺小又何其伟大的慨叹。我知道我对黑陶的了解道行尚浅，只是浅尝辄止；我知道我提的部分意见或许只是“纸上谈兵”，实操起来难上加难。但我依然感谢那个假期，感谢那趟旅程。

田海林老师曾说，学历史的就是要“土里土气”“接地气”，我一直谨记在心。后来忽然发觉，德州黑陶从运河红泥中脱胎，不正是最接地气的吗？它从远古而来，不正是历史的见证者吗？而且，黑陶质朴纯真，承载着原始先民的生活态度与淳朴本性，表达了先人对于人生的信仰与敬畏，制作时的雕刻与勾勒，更是体现了传承千年的匠人精神和精品意识，这些不正是一名历史学者应该具备的优良品质吗？

身为历史学专业的学生，我希望自己能为传承、传播黑陶文化出一份力；我希望自己能坚守自己的志向，“择一事终一生，不为繁华易匠心”；我希望自己能发挥专业长处，发掘黄河流域文化，挖掘工匠精神，为增强文化自信出一份力。

编者寄语

从德州黑陶切入，作者通过调研一种古老的制陶工艺，体悟到了文化传承的艰辛与意义。如果说作者利用暑假进行调研是见识社会、服务社会的话，那她在完成调研报告之后，又从德州黑陶联系到自己所学的历史专业，提出学历史要“接地气”的问题，就是社会实践反哺治学。读万卷书，行万里路。理论与实践相结合，就是在实践中历练自我、深化认知，实现学习与应用的良性互动。

海阳大秧歌

——乡土艺术的时代舞步

/ 柳光辰

黄海北岸的这片土地孕育着丰富多样的物产。这里有丰美的海鲜、鲜甜的樱桃，还有晶莹如玉的黄瓜。然而，最令人赞叹的，莫过于这里孕育出了一种古老而珍贵的民间艺术形式——海阳大秧歌。

2015 年，电视剧《大秧歌》将这亦俗亦雅的海阳大秧歌推入了更多人的视野，让越来越多的人开始了解和感受这种民间艺术。海阳大秧歌作为一种欢快、奔放的民俗艺术形式，具有广泛的群众基础，是一种高度参与、自娱自乐的社火舞蹈。2006 年，海阳大秧歌更是成功入选我国首批非物质文化遗产名录，开始向世界展现她独特而又卓越的历史和艺术韵味。

关于海阳大秧歌的最早记载见于现存于海阳博物馆的《赵氏谱书》："二世祖（赵）通，世袭（大嵩卫）指挥、镇抚，诰封武略将军。洪熙元年，欣逢五世同堂，上赐'七叶衍祥'金额，悬匾谷旦，诸位指挥偕缙绅光临赐贺。乐舞生闻韶率其创练之秧歌，舞唱于庭，其乐融融。”根据学者的研究，可以推测海阳大秧歌的诞生时间要早于1425年，至今已有600多年的历史。

“没有秧歌不是年”，海阳大秧歌早已成为了一项重要的庆典活动。民谣中有句歌词：“乡下秧歌进了城，先拜娘娘后要景；正月十五不进城，过日来了撵出城。”从中可以看出大秧歌已经深深融入海阳人民的精神世界，成为当地人庆祝节日不可或缺的组成部分。

海阳大秧歌作为中国传统艺术的瑰宝，在这片沃土上得以发扬光大。几百年来，代代相传的舞蹈、歌唱和表演技巧，使得海阳大秧歌成为一种独一无二的文化活动。她融汇了历史、传统、风俗与民间故事，以激昂的旋律和朴拙的舞蹈形式，讲述着海阳人民的生活和价值观。

溯源：古老而又质朴的情愫

有一种说法，海阳大秧歌是起源于巫术和祭祀仪式，表达了人们对超自然力量的崇拜和对和谐共生的向往。海阳大秧歌与传统的农渔结合的生产模式紧密相连：正月十一，人们要祭拜庄稼神，奏演大秧歌以庆祝丰收和祈求来年的顺利；正月十三，人们以盛大的秧歌进行祭海仪式，祈求风调雨顺；正月十五的元宵节，秧歌也是必不可少的活动形式；直到四月农忙开始前，各地仍会有山会和庙会等场合进行秧歌表演。

然而，我更愿意将这种舞蹈的历史起源归结于朴素的农耕生产方式，它是一种质朴的民俗艺术的表现。在这片土地上，人们更喜欢用“扭秧歌”而不是“跳秧歌”来形容这种舞蹈，因为“扭”字恰恰反映了农渔互补的生活场景，更加准确地表达了这种舞蹈的质朴和真实，同时也能够展现出农耕者的灵活身姿和真挚情感。

夏日傍晚，我的姨母常常会在村文化广场上组织秧歌表演。参与表演的都是普通村民，他们白天忙于各种工作，晚上穿着色彩鲜艳的衣服，手持花扇和手绢，在锣鼓的伴奏下，展开一场载歌载舞的狂欢。

配合着起伏的鼓声，“乐大夫”出场，由慢到快热烈欢舞，行“三出三进”礼，每番趋步向前，双手托伞，躬身行礼。随后“花鼓”出场，铿锵的鼓声，伴随着汉子们行云流水的动作，一个旋风踢，一个毽子步，展现出他们英勇的气质与矫健的身手，把中国古代农耕文明的阳刚之力表现得淋漓尽致。“花鼓”下场后便是头戴小花的“小嫚儿”上场，她们拿着花扇手绢，舞姿轻盈、宛转流畅，与“花鼓”的阳刚形成对比，尽显女儿家阴柔之美。在“演员”全部出场后，“乐大夫”带领“花鼓”与“小嫚儿”再次出场致谢，由“乐大夫”指挥，“花鼓”与“小嫚儿”以“快走阵”入场，分为两股以“慢走阵”舞圆场。此时锣鼓声更为昂扬激烈，仿佛之前所见之阳刚、阴柔、泼野、卖俏都是为了这最后的气势磅礴作铺垫。

这是乡间最常见的排练，没有华丽的舞台，没有专业的音响设备，甚至没有职业演员。他们以简单的方式表达着对生活的热爱，用欢快的歌声和舞姿传递着对幸福生活的向往。

他们的表演是乡间最独特的呐喊，发出的是最质朴而又撼人心魄的共鸣。

传承：诉说我们自己的故事

前几年，我有幸在海阳看过一次大秧歌比赛。

秧歌动作简单易学，所以对“参赛演员”年龄要求不高，有六七十岁的退休老人，也有幼儿园的孩子，是真正的“上到八十，下到稚子”。

那场比赛，我母亲带领的轻工艺术小学和轻工幼儿园秧歌队参与其中。这些小小演员，年龄最大的只有8周岁，最小的还不到5周岁。

孩子们的表演与大人完全不同，他们一抬一踢都显得稚嫩至极，却有着别样的风味。小小的脸上化着淡淡的妆，更显得稚嫩可爱。

据母亲讲，近年来，海阳市非遗保护中心与海阳市轻工艺术小学、亚沙城小学、烟台艺术学校等学校合作，定期开展海阳大秧歌知识讲座、秧歌表演教学，并先后在亚沙城小学等地设立了16个海阳大秧歌传承实验点，建立起海阳市轻工幼儿园、亚沙城小学等6个少儿秧歌培训基地，让海阳大秧歌的传承与发展得到更多青少年的认可和喜爱。

这让我忽然想到，我小时候也曾这么稚嫩地表演过海阳大秧歌，也曾在幼儿园时期，兴高采烈地央求着妈妈为我化上妆，在眉心间用口红点一点红色。

那个年纪的我，并未真正了解过海阳大秧歌，也没有多么热爱，只是觉得能够穿着漂亮的衣服，化上美美的妆，站在更大的舞台上把“规定”动作做完，是一件特别值得炫耀的事情。而长大后的我，看到了海阳大秧歌的美。她的美并不在于舞蹈动作，更不在于曲调唱词，而是在于她所表达的真挚乐观的精神状态。

为了将海阳大秧歌的美传承下去，海阳人民将传统秧歌与流行元素相结合，创新舞动旋律，革去糟粕，留取精华。海阳人民以文旅融合为契机，为海阳大秧歌的发展保驾护航。他们把海阳大秧歌融入旅游线路，设置了大秧歌观光游和体验游等活动，打造出了具有海阳地域特色的文化旅游品牌。

因此，我们才可以在峰峦叠嶂、碧潭幽谷的招虎山景区欣赏到海阳大秧歌的“山会”；才可以在鬼斧神工、人杰地灵的丛麻院景区观看以“祈福”为主题的秧歌展演；才可以在花海漫漫、小径通幽的连理岛景区体验“浪花上的秧歌，海中的年味”贺年会；才可以在层林尽染、浪花拍岸的虎头湾景区参与以海阳大秧歌为主题的“祭海”活动。

欢悦的曲调穿过山野，越过竹林，漫过花丛，跨过大海，大秧歌传递着她见证过的各种美丽，从乡间融入校园，从古代延续至今，以喜闻乐见的形式唱给更多人听。

颂扬：酒香不怕巷子深

2008 年，海阳大秧歌作为北京奥运会开幕式暖场演出的一部分，在约九分钟的表演中震撼了观众，向世界展示了这一古老传统民间艺术的风采。

海阳在 2012 年 6 月举办了第三届亚洲沙滩运动会，成为中国第一个举办洲际运动会的县级市。在开幕式和闭幕式上，海阳大秧歌作为“主角”亮相，其热烈欢快的表演风格赢得了来自亚洲 45 个国家和地区嘉宾的赞赏。

在 2020 年春节期间，海阳大秧歌走出国门，出现在塞尔维亚首都贝尔格莱德的“欢乐春节”新春庙会活动，真正将海阳大秧歌的热闹传递到远方。

母亲骄傲地对我说，今年，她要带领着幼儿园和小学的孩子们前往韩国，展示海阳大秧歌的风采，他们将带着我们宝贵的民族文化，走出中国，走向世界。

无论是在国际的体育赛事中，还是在文化交流活动中，海阳大秧歌都展现着中华儿女的风采。国际友人在欣赏海阳大秧歌的表演时，都不禁为这古老而饱含激情的艺术形式所折服，他们见证着中国传统文化的瑰宝，感受到了中华民族的魅力与智慧。

黄河北岸旁的旋律绵延不绝，如一股永不停歇的清泉，从中散发出令人陶醉的美丽。这些悠扬的旋律和奔放的舞姿在每一次的呐喊中引发人们的赞叹，让人们陶醉其中。辛劳质朴的海阳人民付出辛勤的劳动和汗水，将热情和心血融入每一个音符和动作之中，以铮铮嘹亮的鼓乐唤起坚韧不拔的力量，用灵动俏皮的舞步表达对生活的赞美与热爱。这才是海阳大秧歌的魅力所在，这才是我们真正应该继承、发展的内核所在。

海阳大秧歌会一直传承下去，她将在世界的舞台上绽放出更加绚烂的光芒，让更多的人走进海阳，领略这个富有浓厚乡土气息和民族精神的瑰宝，共同感受中华文化的千姿百态。

编者寄语

这是作者对自己家乡的非物质文化遗产海阳大秧歌的一次深情宣介，文章的字里行间饱含着作者对海阳大秧歌的深情厚意。中国幅员辽阔，地域文化丰富，年轻学子能珍视家乡的特色文化，善于发现其中的美好与情意，并乐于传播分享，难能可贵。也希望在作者的带动下，有更多的青年去挖掘家乡的文化遗产，展示乡土中国不同的美。

比干文化的印迹与印记

/ 宋美琳

得海芙蓉一束，胜得金银满车。海芙蓉靠海而生，是中国南方人民祭祀祖先的必备品。近年来，它却扎根牧野，在遥远的北方内陆盛开。那是因为，中国人自古以来就有“叶落兮归根，故里兮牵魂”的信念。越来越多的沿海林氏儿女迈上千里征途，前往北方小城里的比干庙谒拜先祖，寻找他们人生的起点。

“姓”是中国人的重要识别符号，姓氏记载着历史文化。比干，林氏太始祖，因忠谏惹纣王大怒，被挖去心脏。其子被周天子赐姓林，后代有妈祖的真人原型林默和民族英雄林则徐等杰出人士。如今，林氏后代遍布广东、福建、泰国、马来西亚、新加坡等地。比干庙是墓庙合一的建筑群，碑石林立，古柏苍翠，是比干文化的印迹。一座座碑石，一尊尊塑像，是历史的见证，也是文化图腾。随着寻根浪潮和旅游浪潮的兴起，数万名海内外林氏后裔回到比干庙寻根问祖。他们捐赠财物，修缮、翻新比干庙，在庙区附近设置林氏纪念区，其间有林氏名人堂、美国林氏馆、印尼林氏馆、福建林氏馆等景观。中原文化和海洋文化、国内文明与世界文明在此碰撞。

习近平总书记在文化传承发展座谈会上讲道："中华文明具有突出的包容性，从根本上决定了中华民族交往交流交融的历史取向，决定了中国各宗教信仰多元并存的和谐格局，决定了中华文化对世界文明兼收并蓄的开放胸怀。"比干的忠、善、义、勇感染林氏宗亲，比干庙的文化底蕴浸润林氏宗亲。林氏宗亲汇聚浓情，海内外相携，将中华文明播撒在世界各地。比干爱国的精神内核作为家风由林氏后裔传播至天下。

对林氏后裔来说，比干是他们人生的起点。于我而言，他是我十八岁成人礼远足的目的地，给我的信念与情感留下印记。远足几万步，伴着路上的风沙，那是我第一次到达比干庙。满眼尽是苍松古柏，碑石、石像与香火相映。前殿开阔，后墓肃穆。每年都会有像我一样的高中生由学校统一组织到此游学，学习比干文化。比干精神是爱国精神，是能在黑暗中坚守本心的精神。他毕生爱国、爱民，开了中国谏诤文化的先河，北魏孝文帝、唐太宗、清乾隆帝等都尊崇他，为他立碑御书。他忠义不屈，屈原在《天问》中，李白在《古风·殷后乱天纪》中都曾追忆他。除精神文明之外，比干庙留存有丰富的物质文化。这座比孔庙还早五百年的庙宇，有着迄今发现的唯一的孔子真迹——孔子剑刻"殷比干墓"碑，被誉为"天下第一碑"。我们游学时所见是"殷比干莫"四个字，有学者说"莫"与"墓"通假，有学者说是碑石受损导致"墓"字不完整，也有人质疑碑上是三国魏晋时期的字体，不是春秋时孔子所写，莫衷一是。但这正为比干庙增添了更多文化意味和趣味，也让我们感受到了中华文化的深刻内涵。庙内正殿供奉比干，偏殿供奉林则徐和妈祖。游学之前，我只知道林则徐是虎门销烟的民族英雄，妈祖是福建等地所信奉的海神，却不知他们都是林氏后裔，与比干还有这般渊源。比干文化始于比干，又像枝蔓般不断延展，展现在更多人身上。

虽然那是我第一次游学比干庙，但比干文化一早就影响着我，我从小就听大人讲比干的神话故事。传说比干因忠义直言被纣王挖心，回家途中遇由申公豹幻化而成的妇人，因妇人一句“菜无心能活，人无心得死”而吐血倒地身亡。比干是真实存在的历史人物，经由民间传说被神化，体现着中华民族特有的民族气节，我们的文化也因此更丰富而有趣味。比干庙正殿前有“开心柏”，树冠中间呈现“心脏”的形状，传说是柏树为了救比干将心掏出，使比干重返人间。另有一些柏树未经修剪却是平顶，被称为“平冠柏”，传说是向比干脱帽致敬，表达对比干的尊重。因民众尊崇比干，才有了这一系列的传说。中华民族具有五千多年的文明历史，神话传说是除诗词、建筑、器具外特殊的文明结晶。中国神话拥有强大的伦理性，蕴含着我们对民族情感的文化认同。人们总是对家乡的名人典故有所了解，文化也经口口相传得以代代传承。

中华文明具有连续性与创新性。随着时间的演变，比干“亘古忠臣”的文化内涵不断被拓宽。有着“七窍玲珑心”的比干，同时有着文财神的美称。这也使得当地以此为抓手，吸引更多林氏宗亲以外的人来此游玩。对于前来参观的民众来说，这里寄托着他们安居乐业的朴素情感。正殿前的“开心柏”上系满了带有美好寓意的红绸带。不断的香火和飘扬的红绸带，寄托着民众对风调雨顺、万事如意的祈愿。每年农历的四月初四是比干诞辰，比干后裔林姓儿女拜谒，给当地带来了商机。春节期间的逛灯会、拜财神等活动，更是使当地建立起了独特的“财神之乡”文化活动品牌。比干不仅是国家的忠臣，也是民众的财神。比干庙不只是拜谒之所，也是游览景点。

近年春节，比干庙开展了民俗文化展演、财神互动游、福禄寿灯展等活动，并且新开辟了线上购票通道。景区规定七十周岁以上的老年人、现役军人、消防员、残疾人等免票，学校组织爱国主题教育活动免票，这体现了中华民族敬老爱幼的品格，体现了当今社会对爱国主义教育的重视。当又一次来到比干庙，我感受到的是浓烈的节日欢庆。庙前的石狮子咧着嘴，挂着大红花喜气洋洋，附近商业街的摊贩因游客增多脸上也挂着笑容，游览的人因拜谒财神而感觉日子更加有奔头。比干文化雅俗共赏，既能让人回望历史，也能让人体会民俗。比干既是忠臣，又是财神、文曲星。文化的创新性使它在今天依旧鲜活生动。中华文明历经数千年而绵延不绝，这是我们自信的底气。近期，明小说《封神演义》又被翻拍，片方用更先进的技术将姜子牙、纣王、比干等形象搬上大银幕。电影更是催生出了一些观众的漫画创作，创作者加入自己的想象，将比干死后把祭祀的桃子分给百姓吃的画面绘于纸上。当看到以漫画形式展现的比干时，我真切地感受到了中华文化的连续性、创新性。古文化肃穆，经过转化也能变得色彩浓郁。

后来离开家乡，当在外被问到是哪里人时，我总是提起比干。卫辉小城不被很多人知道，但提起那里的比干，大家都有所耳闻。在信息爆炸的今天，面对升学、工作、人情世故等挑战时，我会想到比干的豁达，会因比干文化的厚重底蕴而变得更加沉静。比干文化帮助我的人格变得更加饱满。时间的洪流无法冲刷掉他清晰明朗的身影，虽历经千年，他的澄澈人格依旧鲜活。庙内林柏遮天，依然苍翠，其他事情也变得不过尔尔。比干文化像一把遮挡风雨的伞，让我能够在风浪中学会静水深流。

以文载道，以文传声，以文化人。有文化自信的民族，才能立得住、站得稳、行得远。我想将比干的故事讲给每个人听。比干文化像一面多棱镜，能折射出不同的光彩。对林氏宗亲来说，比干庙是他们遥远的故乡，是不远万里也要带着海芙蓉前来拜谒的地方。于我而言，比干庙是我意识和物质的双重故乡，它将我和故乡联系得更加紧密。我的家乡因比干而拥有更加波澜壮阔的文化盛景，我也因领略比干精神的内核而学会慢慢体会生活的深远沉静。蓝天烈日下，我总能想起比干庙内那遮天的林柏，它们在我心中留下了不可磨灭的印记。

编者寄语

这是一篇向先贤比干致敬的文章，作者讲比干的故事，讲比干文化的形成与演变，讲比干文化的影响，还讲了自己从比干和比干文化中汲取到的精神力量。对当代学子而言，能用古圣先贤身上的美好品德激励自己，体化于言行，是实实在在的“传承”。中国圣贤众多，他们是历史的标杆，也是民族精神的标识。问道先贤，汲取智慧与力量，既是礼赞历史，也是致敬青春。

手铲释天书，科技寻古意

/高　妍

知所从来，方明所去。薪火相传，探寻古意。习近平总书记在十九届中央政治局第二十三次集体学习时强调：“考古工作是展示和构建中华民族历史、中华文明瑰宝的重要工作。”“考古遗迹和历史文物是历史的见证，必须保护好、利用好。”

在考古学与自然科学等学科长期的结合过程中，大家已经习惯把相关方面的研究称为科技考古。科技考古的研究内涵可以概括为：以考古学的研究目标为指引，应用自然科学的研究方法和技术，对考古遗址及所在区域进行调查、勘探和取样，对出土的多种遗迹和遗物进行观察、鉴定、测试、分析和统计，多角度地获取有关古代人类活动的信息并进行深入解读和探讨，从整体上拓展考古学研究的领域，深化考古学研究的内容，提高考古学研究的科学性，提升考古学研究的历史科学价值。其研究内容丰富，包括数字考古、年代测定、环境考古学、体质人类学、动物考古、植物考古、同位素分析、有机残留物分析、成分和结构分析、冶金考古、陶瓷器科技考古、玉石器科技考古等。

在中国考古学蓬勃发展的今日，科技考古、多学科合作在发现、分析、解读和展示中华文明成就方面显示出强大的活力。王昌燧说："科技是考古学的重要推动力。"推动考古学领域的多学科交叉融合，对推进有中国特色、中国风格、中国气派的考古学建设具有重要意义。我们需要坚持人文科学和自然科学的联合攻关，科技考古大有可为。

科技助力，成果丰硕

习近平总书记在中央政治局第三十九次集体学习时指出："我们运用生物学、分子生物学、化学、地学、物理学等前沿学科的最新技术分析我国古代遗存，使中华文明探源有了坚实的科技分析依据，拓展了我们对中国五千多年文明史的认知。对文明起源和形成的探究是一个既复杂又漫长的系统工程，需要把考古探索和文献研究同自然科学技术手段有机结合起来，综合把握物质、精神和社会关系形态等因素，逐步还原文明从涓涓溪流到江河汇流的发展历程。"百年中国考古学筚路蓝缕，回首过往，经过一代代考古学人的不懈努力，我国的科技考古取得了众多出色的科研成果。从近些年的发展来看，科技考古已成为中国考古学国际化程度最高的领域，也是中国考古学研究进步最为迅速的领域。同时，现在也是把中国科技考古的最新成果推向世界、讲好中国故事的良好契机。

氮、氧、硫等稳定同位素分析方法的应用，有助于定量或半定量复原古食谱；对古代石器、陶器等载体上的脂质、蛋白质等有机残留物的分析，为复原鲜活的古代社会提供了重要信息；残体、孢粉、植硅体、古环境、DNA 分析等的应用，为我们提供了古代人类的生活、生产和生态“三生”信息，助力我们了解古代人类生存、发展及与自然环境的相互作用；数字考古相关领域的应用能够与传统考古研究紧密结合，电子全站仪与 RTK 测绘、遥感影像解读、无人机拍摄、多视角三维重建、GIS 建设及其分析与模拟等已经成为田野考古工作的常规技术与方法；利用考古系列样品的碳十四测年方法，可以把田野考古的层位和文化分期的相对年代序列转换为精度较高的绝对年代序列，在推动中国考古学文化时空框架的建立等方面发挥了举足轻重的作用。

付巧妹带领团队通过提取遗存的古代人类遗骨 DNA 开展古 DNA 分析，有力推动了人类起源和迁徙的研究，在“我们是谁，我们从哪里来”的问题上，不断给出新的答案，推动我国的古遗传学研究进入世界前列。他们从青藏高原的“土”里，探寻到灭绝的丹尼索瓦人的踪迹；开发古核 DNA 捕获方法，使田园洞人成为第一个能够获得核 DNA 的早期现代人；发现冰河时期的欧洲人在很长一段时间内都是暗色皮肤和棕色眼睛；证实东亚人特有的与更粗毛发、更多汗腺相关的 EDAR 基因，至晚在末次盛冰期末就已出现；发现一个万年前的东亚不为人知的古老人群，其相关影响在广西延续了数千年。邓聪团队多年来潜心研究中国、俄罗斯、日本和东南亚等地区的玉器，通过大量的高精度微痕分析、模拟实验考古等方法探究玉器生产工艺，并在此基础上深入研究文化和社会相关问题。

我辈之行，始于足下

考古学是一个需要大量实践的学科，一直以来，山东大学考古学都以扎实的基础研究、卓越的田野发掘和开创性的理论探索为学界所称道。一代代山大考古学者构建起以田野考古为根基、聚落考古为引领、科技考古为支撑的古代文明研究体系。现今山大已建成全国高校规模最大、体系最为完备的考古实验室群，包括人类演化、植物考古、动物考古、体质人类学、陶瓷考古、石器考古、冶金考古、稳定同位素、沉积学、海洋考古、文物保护修复、模拟数字考古和唐仲英基金室内考古发掘与保护等16个考古实验室。依托考古实验室群，综合运用多种科技手段进行考古学问题研究，不仅能够助力山大考古学积极参与中华文明探源工程、考古中国等国家重大文化工程，在实证中华五千多年的文明史方面贡献山大成果，也能强化科技考古人才的培养，塑造一专多能的复合型人才。

从入校以来，在老师们的谆谆教诲下，我深刻认识到田野发掘的重要性，树立起多学科合作的理念，并真正参与到多学科合作思想指导下的田野考古发掘、实验室操作和成果阐释中。2021年，我与化学院的同学一起进行了陶器酒类残留的检测分析实验。

实验结果对研究章丘焦家遗址的陶器用途具有重要作用，为酒器的使用提供了直接性证据。

2022—2023 年，我在章丘焦家遗址进行了两个季度的田野发掘。在此过程中，我不仅掌握了田野考古的基本操作，也实践了在发掘阶段就需要做好的多学科研究中提取材料的方法和步骤。

1. 数字考古实践

电子全站仪与 RTK 测绘、无人机拍摄、多视角三维重建和考古信息系统已经成为焦家遗址田野考古工作的常规技术与方法。在焦家遗址实习的过程中，我已经能够熟练掌握以上技能。

2. 陶器有机残留物采样实践

有机残留物指的是在古代先民加工、利用动植物的过程中，残存或沉积在相关器物、土壤或遗迹现象之上的有机物质。针对焦家遗址墓葬出土的完整陶器，我们使用酒精清洁过的手术刀，在陶器的口沿、腹部和底部的内外壁 6 处部位刮取残留的土样，为日后分析陶器上残留的淀粉粒、植硅体和酒类残留物提供了实验样品和对照样品。

3. 植物考古浮选实践

浮选法是植物考古研究者经常使用的一种提取炭化植物遗存的方法，利用水对泥土的溶解分离作用，从遗址中提取微小遗物。其操作方法是将遗址文化堆积土样放入水中，比水轻的炭化物质漂浮在水面，比水重的土壤颗粒沉入水底。通过炭化植物遗存和土壤分离，提取炭化植物遗存。在老师和师兄师姐的指导下，我学习并参与了多个遗迹土样的浮选工作。

4. 挑选碳十四测年样品

碳十四测年法是通过对遗址中含碳样品中放射性碳十四量的检测和树轮校正分析来判定样品从计时零点（生物体死亡或含碳沉积物形成）开始至今的日历年龄，进而推断遗址、遗迹、遗物或文化层的绝对年代，是晚更新世晚期和全新世考古测年中精确度较高、应用最早且最广的一种测年方法。本次工作针对较为关键的遗迹挑选了炭化植物遗存作为测年标本，选送碳十四测年标本并进行测年对推动焦家考古研究向纵深细致方向发展有重要意义。

总之，科技考古和多学科合作实践既让我们学习和实践了多学科研究方法，掌握了多种科技考古技能，又让我们深切体会到了科技在考古学中能够发挥的重要作用。

党的十八大以来，习近平总书记多次对考古工作出重要指示，以坚定的文化自觉和高度的文化自信，溯源历史、寻脉中华，关心推动考古事业向前发展，为建设中华民族现代文明指引前进方向。千里之行，始于足下，未来我将会继续潜心学习，为建设中国特色、中国风格、中国气派的考古学贡献青春和智慧。

编者寄语

在中华文明探源工程中，既有老一辈考古专家的智慧与辛劳，也有当代学者的贡献与付出，还有青年学子的激情与投入。考古学科是山东大学的特色学科、优势学科，历史久、积淀深，受到越来越多青年大学生的青睐。在当前大力发展新文科的时代背景下，学科交叉、融合、汇聚和协同创新既带来了成果增量，同时也赋能创新人才培养。作者作为考古专业的学生，与化学院的同学共同参与陶器酒类残留的检测分析实验，这是科技考古的内容之一，也培养了学生开展跨学科对话的能力。文章的字里行间，洋溢着作者对考古事业的敬畏与热爱。

熠熠明珠，继往生辉

/ 朱家乐

千年岁月大浪淘沙，万里河山沧海桑田，悠悠历史长河奔腾不息，于神州大地凝结出一颗闪耀的明珠——中华文化。这颗明珠历千难万险，经薪火相传，直至今天，仍散发出迷人的光辉。在信息技术高度发展的今天，文化上的交流和冲击更加频繁而激烈，如何继往开来，传承中华文化，在过去、现在、未来都是我们要认真思考的问题。

百年前，我们曾试图亲手斩断这条传承的链条，“全盘西化”论流行一时。似乎是恨铁不成钢的心态，抑或是旧中国遭受了许多痛苦的折磨的缘故，社会开始寄希望于外来思想，仿佛只要将西方体系装进中国，就可以保存火种，求得生存。可是，如果真的完全放弃我们的传统，那中国就将不为中国，所谓中国的生存，只是某种意义上的苟且偷生。

幸好，同样在百年前，我们还有一批拯救民族危亡的义士，力挽狂澜，使得中华仍为中华。但度过战争和动荡，来到和平年代，新的问题又重新出现。文化究竟是什么？总有人在说，文化是虚无缥缈的东西，不需要重视也不需要刻意去维护。事实是这样吗？诗人北岛曾说：“不懂得传统的人正如没有地图的旅行者，不可能远行。”文化是我们坚定走向前方的后盾，是我们的源头，也是我们中华民族的根，文化看上去无形无色，却决定了我们的社会从何处来，往哪里去。

中学时代，每个人都多多少少地接受了有关传统文化的相关教育和知识。那时的我们，有些“不求甚解”，囫囵吞枣地背下许多“文化”知识，就觉得已是接过了上一辈人的“文化”接力棒。但如果要问我们到底作出了什么贡献，估计大多数人都会支支吾吾，无法作答。我也曾是这“大多数”中的一员，有些幼稚，看似十分积极，实则毫无实践，最多只是吟诵着唐诗宋词，“爱上层楼”而已。尽管如此，我心中还是有一种身为中华儿女的责任感，只是不知道该如何在现实中将它落实。

“纸上得来终觉浅，绝知此事要躬行。”懵懂地进入大学，系统地学习文史知识后，我方对文化的传承有了真正深入的理解。又或者说，我不仅找到了实践之路，还对传承民族文化、塑造民族精神有了更深入的理解。

回忆小时候，“博物馆”对我来说其实是一个很遥远的概念，只停留在课本上。那时，在我的幻想中，博物馆是类似宫殿的建筑，而文物就像皇家王子和公主一样居住在其中，神秘而高贵。长大后好不容易有机会去游览本地博物馆，却发现没有想象中的那么好，因此产生了一点心理落差，留下了偏见。之后几年，旅游时每当父母规划去博物馆，我都拒绝前往。对于那时的我，五光十色的游乐场或巍峨壮丽的自然风光，比“古板呆滞”的博物馆更有吸引力。

直到综艺节目《国家宝藏》的播出，我才改变了这一看法。电视节目中精美的文物、精彩的演绎和博物馆的展示相结合，将中华五千年文化的厚重底蕴用新的形式重新展现。在此契机下，我重新走入博物馆，才发现随着经济的发展和时代的进步，短短十几年内，博物馆——将文化历程呈现给当代观众的实体——已经不再是古老枯槁的旧物保存站，而成为展现文化瑰宝的“橱窗”。更多的“互动”元素也被加入其中，无论是“考古”课堂的体验项目，还是立体炫彩的全息影像，抑或是身临其境的剧场演出，都令人目不暇接。博物馆原来可以是这样，我深深钦佩着那些实践创新的人们。书本上、文字中的描写骤然鲜活，时空穿梭古今，一馆横跨千年。

另一部纪录片《我在故宫修文物》更是令我和同龄人产生了一种热血澎湃的喜爱，一双双巧手，为或美丽精致、或朴素大方、或金碧辉煌的文物重新赋予生命。“中国有礼仪之大，故称夏；有服章之美，谓之华。”礼仪服章，是中华民族最初的骄傲所在，中国有着辉煌灿烂的物质文明，其中蕴含着丰富多彩的精神文化。器物绝不是冷冰冰的某种时间证据，而是寄托着千年情思的温暖存在，它们有自己的生命。针脚密密的衣服，有时记录了一位母亲对子女的爱，有时承载着新嫁娘对未来的期许和向往，有时凝聚着复杂精美的刺绣工艺和文化。简单朴素的陶瓷，有时记录了一个家庭、一个宗族的兴衰，有时承载着普通人对生活最衷心的美好祝福，有时凝聚着瓷器文化的发展和繁荣。

酒香也怕巷子深。在互联网高度发展的当下，爆炸式增长的信息无时无刻不在吸引着人们的注意力，中华文化博大精深，但正因其厚重，让很多人都有些望而生畏。不去了解，何来传承？而博物馆正是将普通人和丰富传统文化精华相连接的梯子。这样的梯子需要更多，需要变得更好，才能足够亮眼，足够吸引人。

也正是意识到这一点，我考入山东大学，并选择了文博专业。

作为山东孩子，我对山东大学可以说有一种特别的情怀。山大以文史见长，从初次见面，我就感觉到这里就是我想来的地方。根植于山东这块文化沃土的山东大学，拥有深厚的底蕴和独特的气质。在这里，有着新与旧的交融，也有着思想的相互碰撞。

在一次实习项目中，我负责观察和采访去博物馆参观的家庭。去之前，我心里有很多疑问：孩子们会有耐心游览博物馆吗？他们能理解展览的含义吗？家长是否尊重了孩子们的愿望？走马观花是否还是参观的常态？出乎意料的是，很多孩子对博物馆的主动探索兴趣，甚至超过了家长。他们眼中闪烁着好奇和兴奋，耐心地沿着展馆路线参观。有的专心倾听讲解员的讲解；有的虽年纪很小，却已然是个“小百科全书”，不断地向父母或者好朋友讲述着历史和文物故事；也有的是好奇宝宝，一路上都在提问各种问题。有的小孩子身着汉服，当看到展柜里的美丽衣服，便会提起裙摆，得意地说：“我和古代人穿的一样。”有的小孩子在互动屏幕前站定不动，一定要做完上面的文化常识题……

当我采访这些小朋友，问他们为什么会喜欢来博物馆时，也得到了五花八门的答案。“我觉得博物馆很有趣。”“博物馆能学到知识。”“能看见漂亮的文物。”“这里能学到很多文化知识。”他们的回答不尽相同，但我注意到，和小时候的我不一样，他们对博物馆有着真实的感触，也有着发自内心的好感。在实地的探索中，各种抽象的文化名词概念化作了具体的形象，深深印在他们的内心深处。很多年前，这片土地上生活过我们的祖先。“今人不见古时月，今月曾经照古人。”在博物馆内，不同时空以一种奇妙的形式交融连接。

后来，我又遇见了一批中学生，他们比小朋友们稳重成熟，但同样满眼好奇，充满热情。在临时开设的展览中，他们向我询问着各种问题，那一刻，我仿佛看到了数年前的自己，也看到了在博物馆穿梭的那些小朋友的身影。同时，我也感到由衷的欣喜，我明白，无论是小朋友，还是中学生，他们对传统文化更浓烈的热爱，离不开我的前辈们的努力，而这些一点一滴的热爱将汇聚成新的浪潮。

新与旧、古与今、远与近，相会于一点，凝聚于物质的实体。在历史发展的海洋中，我只是一朵小小的浪花；在文化传承的道路上，我也只是一块不起眼的青砖。但我愿意相信，无数小小的浪花，也能拍打在海岸上，留下自己的痕迹；无数不起眼的青砖，也能用自己的身躯，铺出长长的行道。我亲眼见过传统文化是如何在前辈们的努力下重新焕发光彩，我相信我也可以接过这个重任，以萤火的力量，和无数个相似却不相同的“我”，汇聚成新的火炬，让中华传统文化这颗美丽的明珠，继续闪耀无限光辉！

编者寄语

后之视今，亦犹今之视昔。作者的笔触穿梭在古今之间，有丰富的情节，也有灵动跳跃的思维。作者对文物和文化遗产的理解由远及近、由疏及亲，对文博专业的深情与挚爱洋溢在字里行间。历史、文博、考古学科，需要更多青年力量的参与，需要他们用扎实的知识和青春的激情去揭示古代之蕴、诠释古典之美、凝聚民族之魂。

我理解的文化传承与文明交流

/ 梁心舒

当今世界正经历百年未有之大变局，各国政治、经济、文化形势变化纷繁复杂。在这样的局势下，习近平总书记提出要共同倡导尊重世界文明多样性、共同倡导弘扬全人类共同价值、共同倡导重视文明传承和创新。文明因交流而多彩，文明因互鉴而丰富，世界上各种文明需要代代相承，更需要同其他文明交流互鉴，从而推动人类文明进步和世界和平发展。而作为当代中国青年，我们更应该去思考当前时代背景下如何传承中华优秀传统文化，如何实现传统文化的创新转型，如何推动其与世界其他文明的交流互鉴。

我出生于西南地区一个经济算不上发达的地方，但我的父母坚信教育能使人成才，于是对我严格要求，这也使得我能够一步步顺利升学，成长为现在的样子。接受高等教育带给了我什么呢？我学习到了更多知识，开始有更多自己的思考，也许我现在对世界的认知已经与父母那一辈不再完全一致，但我从不认为过去的就是错误的。我相信从小父母就教给我的一些传统文化知识和真善美的观念始终有其价值和意义，并在我人生的不同阶段中起着指引和导向作用。

大学时期我学习了西班牙语，通过对世界其他国家文明的学习，我体会到文明之间的差异性和共同性，体会到推动文明交流互鉴的意义，同时也更能理解文化传承的重要性。我们应当坚定文化自信，传承中华优秀传统文化，发扬中华文明的当代力量。

传统文化的印记

我能够深切感受到中华文明的价值和意义。或许我的父母算不上学识渊博，或许我的家庭算不上书香门第，或许我算不上聪明过人，但我也在一步步的学习中思考体现在自己身上的文化传承，以及应如何让中华文明发扬光大，使其在人类文明发展的历史长河中熠熠闪光。

我从小受到的教育告诉我做人一定要有道德。说起道德，我们一般就会想到中国传统儒家文化中的一些道德观念，像是孝、悌、仁、智、义、信、礼。于我而言，“以后一定要好好孝顺父母”“让着点你妹妹”“要诚实守信”“要懂礼貌”之类的话没少听，可能当时年幼，还不觉得家长的话多有道理，如今回头看，我是感谢这些使我成为知礼仪、有道德之人的教诲的。

还有一件事令我记忆深刻。记得读小学的时候，班主任在我们班上专门放了一块小黑板来记录大家帮助别人的次数，每周帮助别人最多的给予加分。此举一出，班里的同学纷纷热情响应，从校内帮同学到校外帮老人，每天都想着法子去帮别人。直到有一天，有人拾金不昧捡了十块钱上交，第二天，某位“聪明”的同学又捡到了一块钱，再到第三、第四天，每天都有人拾金不昧，每次都是一块钱，其中原因可想而知。后来班主任就取消了这项活动，那几位后来“拾金不昧”的同学当然也没有得到奖励。做人一定得有道德，但道德不是做给别人看的，一定是真实发自内心的遵循。仁义礼智信，崇德向善，这是我们中华民族传承千年的道德观。

“和而不同”出自《论语》中的“君子和而不同，小人同而不和”。就我个人的理解，“和而不同”的“和”，就是我一直被教导的要懂得包容、与人和谐相处。但这个“和”不是盲从，不是没有原则地附和其他人，而是虽然要“和”但也要有“不同”，每个人是有自己的个性和特点的，我们在与他人和谐共处的同时，需要保持自己的观点，坚持原则。有差异有不同，但又懂得和谐的道理，才能做到“和而不同”。

记得我读高中时班里有位同学，平日里老师上课或者跟同学聊天，只要他和别人观点不一致，就会立刻打断他人的话，一个劲儿地向我们灌输他的观点，好像我们只要不认可他就是犯了莫大的罪过。有自己的想法是好事，但非得要求别人都认同你的观点也是不合理的期望。而一味从众也不是件好事，要有自己的思考和价值判断，在承认事物差异性的基础上协调分歧，才能把握“和而不同”的处事态度。

正是我们从传统文化中传承下来的这种“和而不同”的处世之道，使中华文明在当今世界不同文明交流过程中发挥着积极作用。

中国古代就有“苟日新，日日新，又日新”的说法，强调了改革创新的重要性。我们中华民族历来讲求创新。我们从小学到大学所受的教育中，也总是在强调培养创新精神。世界上没有亘古不变的真理，万事万物都在不断发展变化，所以一定要与时俱进，并且要学会主动思考，学会于司空见惯的事物中发掘亮点，创新发展，让中华文明在传承中历久弥新。

我第一次直观感受到创新的重要性是在小学的时候。那个时候我特别热爱写作，有一次报名参加作文比赛，靠着一篇采用借代手法且首尾呼应的记叙文获了奖。从那以后我便尝到了甜头，此后的所有作文都用同样的写作手法，只是改换具体内容。虽然在之后一段时间内一直能得到高分，但是当我升入高年级后故技重施，却发现作文得分止步不前，甚至还有下降的趋势时，我才明白故步自封是行不通的。

我从这件事中得出的经验教训是：一定不能因循守旧、照本宣科，要懂得创新，懂得顺应时代发展。文明传承交流也是如此，我们不仅要理解传统文化的时代价值，更要推动其创造性转化和创新性发展。

推动文明交流互鉴

文明因交流而多彩，文明因互鉴而丰富。我们要传承中华文明，传承中华优秀传统文化，也要在传承的基础上积极推动与世界其他文明的交流互鉴，推动人类文明进步。我们青年应当积极主动发挥作用，促进文明交流，把握不同文明的共通性，尊重不同文明的差异性，真正让世界各种文明在交流互鉴过程中更加丰富多彩。

习近平总书记曾提道："文化自信，是更基础、更广泛、更深厚的自信，是更基本、更深沉、更持久的力量。"在与其他文明交流互鉴的过程中，我们首先要保持对本民族文化的坚定自信。这样才能保持好自己的文化立场，不在交流中随波逐流，失去自己民族的文化底蕴和特色。

之前我身边有个朋友，特别热衷于看韩剧和追韩国明星，因此也特别喜欢和向往韩国。但是她的这种迷恋已经到了一种狂热的程度，甚至认为只要是韩国的东西一律是好的、高级的。对其他民族文明的疯狂痴迷让她丧失了基本的价值判断，后来因为我跟她价值观念不合，也就慢慢断了联系。

文明交流互鉴离不开文化对外传播。我们要积极推动文化对外传播，展示中国的大国形象，让世界更好地了解中国，加深世界对中华文化的认识和理解。文化的对外传播离不开每一位中国人的努力，我们青年学子，特别是外语专业的学子，更应该利用好语言优势，促进文化交流，讲述好中国故事，传播好中国声音。

就拿我自己举例，之前在社交媒体上认识了一位外国朋友，他挺喜欢中国，但是对中国的印象还停留在几十年前，对中国人的看法也有一点西方的刻板印象。于是我花了大半天绘声绘色地跟他讲述中国现在的样子，听到最后他惊讶地说："以后有机会我一定来中国亲眼看看！"这件事让我感触颇多，学习外语的意义可能不仅仅是为了有一技之长在社会上得以生存，也是让我们有机会与国际友人沟通并传递中华文明的力量，同时也让我们能更加了解其他民族，让世界文明在交流沟通中进步。

"文化传承""文明交流互鉴"这样的字眼，对于小时候的我来说可能太过遥远，但是当我长大后回头看，我的成长过程中处处都是传统文化带给我的印记。习近平总书记指出："文明特别是思想文化是一个国家、一个民族的灵魂。无论哪一个国家、哪一个民族，如果不珍惜自己的思想文化，丢掉了思想文化这个灵魂，这个国家、这个民族是立不起来的。"现如今，我更能体会到中华文化带给我的力量，正是对优秀传统文化的继承，我才拥有了崇德向善的道德观念，懂得"和而不同"的处事态度，并能保持革故鼎新的精神追求，从而日渐进步、成熟。

对中华传统文化要传承，更要学会与时俱进，助力中华文化创造性转化和创新性发展，在与世界其他文明交流互鉴的过程中保持自身优势，讲好中国故事。我们当代中国青年应积极主动推动文明交流互鉴，肩负起传承中华文化的重任，并坚定对中华文明的文化自信，发挥自身优势助力文化对外传播，更好地让世界了解中国，传播中国声音，推动人类文明进步和世界和平发展。

编者寄语

作者善于从生活点滴中寻求意义，结合自己的经历抒发了对民族文化传承和对外文化交流的理解，在成长过程中、在待人接物以及同伴互动中去感悟经典。作为学习“非通用语”专业的大学生，通过讲述中国故事去传达当代中国的可敬、可亲与可爱，用真诚和真实去面对世界上不同的声音，甚至是刻板印象，用行动去实践文化传承和文明交流互鉴。文化，是日用而不知的客观存在，她的内涵与意义、价值与魅力确实需要一双善于发现的眼睛。

中国风的“花衣裳”

/ 尹若旭

如果让我给童年穿一件衣裳，那一定是奶奶亲手缝的花棉袄。生活在三餐四季、生活平淡的小镇里，我童年的快乐和烦恼总是简单又纯粹。寒冬腊月里，小朋友们全被裹成“小粽子”，而我的“内馅”总少不了一层奶奶缝的花棉袄，这应当是抵御寒冷的最佳利器了。

从九月采摘棉花起，奶奶就在为制作花棉袄做准备工作了。每年的新棉袄都用上当年采摘晾晒的新棉花，晒过的棉花里浸满了太阳的味道。到了秋冬交替之时，奶奶便把我带去裁缝店里，给我量新棉袄的尺寸，裁出新一年的棉袄，接着就赶在入冬之前将新棉花缝进新裁好的布料里。我从小生活在校园里，每到冬天下雪，我便会和年龄相仿的小伙伴们一起在操场堆雪人、打雪仗，等到了室内，热得满头大汗，身上的外套就脱掉了，只剩下花棉袄“内馅”，花花绿绿的棉袄在冬天里显得格外生机勃勃。

随着我慢慢长大，身边的同学、网络上的人都说花棉袄土气，穿着像村姑，蜂拥而来的各种信息让我渐渐有了新的观点，形成了新的审美，我也开始吐槽花花绿绿的布料土气，而喜爱穿那些时髦的衣裳。奶奶也因此很少再用花花绿绿的布料，渐渐用上她觉得“穿着一点也不活泼可爱”的素面布料，可尽管如此，我仍觉得买来的更好看。等我再大些，奶奶右眼视力严重退化，也不再做花棉袄了，身边的小伙伴也不再有穿的，仿佛在一夜之间，花棉袄便消失在我的世界。记忆中，在此后相当长的一段时间里，花棉袄一直都是土气、搞笑的代名词，是不被大众喜欢的“土嗨”时尚。

然而，当我看到喜欢的动漫人物穿上了我所认为土里土气、花花绿绿的中国风花布料时，另一种情绪开始在我内心中萌芽，这些离我很遥远的、和我说着不同语言的外国动漫人物似乎和我有了某些共通之处。在我心中传统、土气的衣服，穿在动漫《海贼王》里的路飞身上有了一些不羁的少年之气。而《美少女战士》里的月野兔一袭红绿碎花短裙配上一头金发，色彩的冲击让我印象深刻，熟悉的花花绿绿的小棉袄也重新闪现在脑海中。那时的我还没意识到，这是因为中国风的红绿碎花走出了国门，火遍了世界。它又乘着新的载体再次展现在我眼前，那一刻的情感共鸣和文化共振击中了我的心，让我对这些动漫人物更多了一分亲近。

谁也想不到，中国风的“大花棉袄”火了。2015 年，时尚界设计师胡社光设计的花棉袄礼服亮相戛纳电影节，引起了轰动。一直以来，国外的名流对中国风元素情有独钟，而国内的艺人明星对欧美设计风格趋之若鹜，国人似乎对自己的中国风元素并不太重视。一直为国外艺人服务的胡社光终于在这次戛纳电影节上凭借中国元素帮中国艺人走上世界舞台。即便如此，在当时的国人心中，花棉袄仍然难以成为时尚的新名词。毕竟，花棉袄与其他中国风元素之间还是存在差异，它不像绣品、旗袍以及众多非遗产品那般受到人们的喜爱，大红大绿的碎花元素让它更“炸眼”，更接地气，在国际舞台上亮相难免会引发争议。但这次尝试引发了人们对大花棉袄的讨论和关注，这便是中国时尚向世界进军的一大成功，胡社光也被称为缔造“棉袄传奇”第一人，他带着对祖国的深厚热爱，将具有浓浓乡土气息的红绿大花袄以前卫现代的方式展现在红毯上。更重要的是，当国外的中国同胞们在戛纳红毯上看到那件花棉袄后，直言道“想家了”，“一穿上花棉袄，儿时的记忆就涌现在脑海里了，年味儿就来了”。我想，这便是中国花棉袄所承载的温暖、喜庆的情感价值的彰显。

中国风的花布料不断在国际时尚领域亮相。在 2018 年的维密大秀上，一众超模又穿着仿若“碎花大棉袄”的套装，披着中式披风来“炸场”，“花棉袄”成了时尚圈新宠，中国风元素也风靡国内外。2021 年，美国街头潮牌 Supreme 发布春夏系列，其中一件绿底红花的中国风服饰让人看着“很眼熟”。虽然这些大红大绿的料子对普通人来说还是难以驾驭，但经过不断改造后，现在的花棉袄或者大胆夸张的有众多“印花元素”的衣服也增加了许多时尚气息，不论是华丽中国风还是简约中国风，都渐渐被大众接受，“花衣裳”也不再被当作土气、俗气的代名词。而当我再回看路飞和月野兔时，弹幕上有更多人和我一样惊讶于红绿花布料的出现，但在惊讶之余，更多的是对于文化输出的自豪感与引发情感共鸣的激动之情。即便无法以此让国际舞台上的每一个人都产生情感共鸣，但至少可以提高海外受众对中国服饰的认知程度和接受程度。

事实上，中国大花棉袄的发展之路是众多中国风元素发扬光大的缩影。花棉袄从土气的代名词到今天的时尚界新宠，推陈出新是其发展的必经之路。作为一个历史悠久的文明古国，我国有着独特且深厚的传统文化，我们应当善于发掘传统文化中的积极元素，以充满魅力的中国文化感染世界。经济的腾飞让中国站到了世界的聚光灯下，中国元素也随之有了更好的发展舞台。“国潮”崛起的背后不仅是品牌的崛起，更是文化的新发展和文化软实力的彰显。中国服饰不仅是衣饰形制，也体现着社交礼仪，更承载着五千年的中国文化。如果能将更多中国传统文化遗产的“活化石”与现代审美潮流相结合，发展中国独有的现代服饰风格，也就能更好地向世界展示一个既积淀深厚又锐意创新的中国。

编者寄语

花衣裳，是中国文化百花园中的一支，是众多中国文化符号中的一种，承载着大俗大雅的理念，蕴含着中国人的审美、情感和文化心理，也折射着时代的印记。从传统走向时尚、从地域走向全球，和诸多文化符号一样，“花衣裳”彰显了“积淀深厚又锐意创新的中国”。作者能够带着思考去发现美、诠释美、传播美，揭示其中的转变与新貌，代表了当代青年学子智慧的目光和善思明辨的风尚。